バイロン詩集
—ヘブライのうた—

藤井仁奈 編訳

あきのな 絵

鳥影社

バイロン詩集―ヘブライのうた―　目次

参考文献一覧

181

バイロン詩集——ヘブライのうた——

美をまとい、その女《ひと》は歩む

一

美をまとい、その女《ひと》は歩む
　曇《くも》りない土地の、星が瞬《またた》く夜のように。
綺麗《きれい》な闇《やみ》と煌《きら》めきが、
　その顔と瞳《ひとみ》のなかで交《まじ》わるよ。そして、
御天《みそら》が、昼の強い日射《ひざ》しには与えない、
　優しい光に溶《と》けてゆくよ。

二

影《かげ》がわずかに深まると、光の筋《すじ》がいくぶん弱まる。
　言い表せない魅力《みりょく》を、少し翳《かげ》らせたとしても、
豊かな黒髪《くろかみ》を波打《なみう》たせ、

その顔立《かおだ》ちをやわらかに照《て》らす。
表情に宿《やど》る芳《かぐわ》しい思想は、
なんて清《きよ》らかで愛《いと》おしいんだろう。

三

穏《おだ》やかで、表情豊《ゆた》かな
目もとに浮かぶ微笑《ほほえ》みと、
紅色《べにいろ》の頰《ほほ》の輝《かがや》きからは、
その育ちの良さが伝わる。
穏やかな考えには品《ひん》があって、
心に宿《やど》るその愛は、なんて無垢《むく》なんだろう。

【解説】

「美をまとい、その女《ひと》は歩む」*She Walks in Beauty*

一八一四年作。日本でも、最も人気のあるバイロンの詩のひとつ。

この詩に詠《よ》まれている女性は、バイロンの親戚筋にあたるウィルモット夫人という人で、あるパーティで、スパンコールをつけた黒いドレス姿の彼女に出会ったあとに、この詩が書かれたと言われている。

後年、バイロンが妻アナベラと別居騒動になったとき、ウィルモット夫人はアナベラの味方となり、残念ながら、バイロンの〈憎き敵〉の一人になってしまった。

暗い夜に、星が煌《きら》めいているものの、詠まれている貴族の女性が、ぼんやりとしか見えていない。はっきりとは見えないからこそ、ちらっ、ちらっと煌めく灯《あか》りで、その美しさを、語り手のたくましい想像力で補っている。

私はおまえが泣くのを見たよ

一

私はおまえが泣くのを見たよ、
その青い目から、輝《かがや》く大粒《おおつぶ》の涙があふれた。
そして、思ったんだ、
菫《すみれ》の花から落ちるしずくみたいだ、って。
私はおまえの笑顔を見たよ、おまえのそばでは、
蒼玉《サファイア》の眩《まばゆ》い光でさえかすんでしまう。
耀《かがや》くおまえのまなざしに、
かなうものなど、なかったんだ。

二

やがて夜のとばりが降りても、

　空から色が消えはしない。
あの陽《ひ》の光を浴びて、
　雲は、深くてやわらかな色に染まる。
雲間から差す陽の微笑《ほほえ》みは、
　ひどく塞《ふさ》いだ心に、澄《す》んだ喜びを分けてくれる。
あの陽の光は、輝きをあとに残し、
　心を明るく照らすのだ。

【解説】「私はおまえが泣くのを見たよ」*I Saw Thee Weep*

一八一四年作。邦訳も数多く出版されている。日本でも最も人気のあるバイロンの詩のひとつ。

第一連、第二連ともに、すごく映像的で観察眼の感じられる作品。

第一連では、作中で語りかけられている相手（＝二人称、「おまえ」）の「目」の片方（原文では「eye」と単数形になっている）がクローズアップされ、大粒の、一粒の涙（原文では「a big bright tear」と、こちらも単数形）に焦点があてられている。「おまえ」の、涙を落とす目も、微笑む目も、どちらも青くて美しいことを、菫の花や蒼玉《サファイア》を引き合いに出して表現する。

第二連では、第一連の「おまえ」の瞳の耀きを受けて、「おまえ」の〈微笑み〉を陽光に喩《たと》える。夕闇＝語り手の塞いだ心、陽光＝空を彩る光＝「おまえ」の〈微笑み〉の等式を成立させ、夕暮れの時の移ろいと、空を彩る美しい陽光を、語り手の心中の映像として表現する。

バイロンは、『貴公子ハロルドの巡礼』や『マンフレッド』等々、同時期の他の作品においても見られるように、空の表現については、優れた詩人だ。十九世紀初頭のターナーやコンスタブルらによる絵画における空の表現と、通底するものがあるのではないか。

いまがそのとき

いまがそのとき
大枝にとまった夜鳴鶯《ナイチンゲール》が、高い声で鳴《な》いている。
いまがそのとき
　恋人たちが、甘《あま》く、誓《ちか》いのことばを囁《ささや》き合う。
優しい風と近くの川の音が、
孤独《こどく》な耳には快い。
花は、一輪ごとに、露《つゆ》で、ほのかに湿《しめ》っている、
空では、星が、めぐり逢《あ》い、
浪間《なみま》で、青藍《あお》が、深くなる、
葉裏《はうら》で、深緋《こきひ》が、深くなる、
天では、大気が、澄《す》みわたり、
薄暮《はくぼ》が、ふんわり、立ちこめる、

やがて、日が、傾《かたむ》いていく、
月の下、微《かす》かな光が、熔《と》けていく。

【解説】「いまがそのとき」*It is the Hour*

おそらく一八一四年作。この詩は、『ヘブライのうた』に収められている限りにおいては、独立した作品だったが、のちに、物語詩『パリシナ』（一八一六年二月出版）の冒頭部分として利用された。

夕暮れの美しい情景が、豊かな色彩表現で描かれている。

フランシスカ

フランシスカは宵闇《よいやみ》のなかを歩くけれど、
天の光を見るためではない。
庭のあずまやに腰《こし》をかけても、
咲き誇《ほこ》る花を見るためではない。
耳がやさしいお話を待って、耳をすませても、
夜鳴鶯《ナイチンゲール》のためではない。
茂《しげ》る葉叢《はむら》に一陣《いちじん》の風が吹き、
頬《ほほ》は青ざめ、鼓動《こどう》が速まる。
ざわめく枝葉《えだは》の向こうから、囁《ささや》き声が聞こえてくる。
頬は赤らみ、胸《むね》が高まる。
つぎの瞬間《しゅんかん》、ふたりは出会う、
もう戻《もど》れない、足元《あしもと》には恋人がいる。

フランシスカ

【解説】「フランシスカ」*Francisca*

一八一四年作。「いまがそのとき」と同様、物語詩『パリシナ』の冒頭部に利用された。若い恋人たちの、ドキドキする出会いの瞬間が、見事に表現されている。

エフタの娘

一

ああ、父上《ちちうえ》、われらの〈国〉が、〈神〉が、
あなたの娘に息絶《いきた》えるようお望《のぞ》みです、
そうあなたは誓《ちか》って、勝利を得《え》たのですから、
一糸《いっし》まとわぬこの胸《むね》を、さあ、刺《さ》してください。

二

私の悲しい声は途切《とぎ》れる、
山々はもう私を見ない。
愛する人の手で、深く横たえられるのなら、
傷《きず》なんて痛《いた》くないはず。

三

ああ、父上、
あなたの娘の血は、清《きよ》らかですよ、
血が流れるまえに、私の請《こ》うた祝禱《しゅくとう》のように、
死の恐怖《きょうふ》を消してくれた、いまわの敬虔《けいけん》な思いのように。

四

サレムの乙女《おとめ》たちは悲しむけれど、
士師《しし》や英雄《えいゆう》には、気にかけずにいてほしい、
あなたのための大きな闘《たたか》いに、私は勝《か》ったのです、
だから、父も〈国〉も、解《と》き放《はな》たれる。

五

あなたの子どもの血は流れ、
大事なその子の声が消える。
ずっと、私のことを、誇《ほこ》らしく覚えていてね、

死ぬときに、微笑《ほほえ》むから、忘れ、ないで。

エフタの娘

【解説】「エフタの娘」*Jephtha's Daughter*

一八一四年作。この詩は旧約聖書の士師記（十一章二十九―四十節）に基づく。語り手には、表題の通り、エフタの娘を据える。

エフタは、古代イスラエルの士師のひとり。アンモン人との戦いでの勝利を願い、もし勝利を得られるなら、家に帰ったときに最初に扉から出てきたものを捧げると神に誓約を立てた。その結果、戦いでは勝利を得た。その後、帰宅した際、大切な娘が最初に迎えに出てきたため、後悔しつつも誓約を守り、娘を、供犠《くぎ》として神に捧げた。

この詩では、第一連の直後に、エフタの娘は刃に倒れ、第二連以降は、上半身を負傷し、瀕死の状態でことばを紡いでいると考えられる。第四連の「大きな闘い」（the great battle）を、〈死の恐怖との闘い〉と解釈した。また、第五連の直後に、語り手は息絶えるものと推測した。エフタの娘による語りは、きわめて劇的だ。〈娘〉とは言え、とても勇ましい。

※士師　古代イスラエルの指導者、英雄。
※アンモン人　イスラエル民族と抗争を繰り返した民族。
※サレム　ユダ王国の都、エルサレムのこと。

ああ、花のさかりに死んだひとよ

一

ああ、花のさかりに死んだひとよ、
重たい石をおまえの上にのせたりはしないよ、
おまえを覆《おお》う土には、
その年最初に咲く薔薇《ばら》の枝をはわせ、
優しい薄闇《うすやみ》のなかで、野の糸杉《いとすぎ》をゆすらせよう。

二

愛《いと》しいおまえ、向こうを流れる青いせせらぎのそばで、
〈かなしみ〉には、うなだれて、
さまざまの夢に深く思いをめぐらせながら、
地に足をつけず、ためらいがちに、ふらり歩いてもらおう、

その足音が死者を苛《さいな》むように。

三

もういいよ。涙は儚《はかな》く、死には嘆《なげ》きが通用せず、
届かないものと、わかっているよ。
だから、我々に嘆くなと言うの？
悼《いた》む者に、泣くなと言うの？
おまえ——私に「忘れろ」と告《つ》げるひとよ、
その顔は蒼褪《あおざ》め、目が潤《うる》んでいるじゃないか。

【解説】

「ああ、花のさかりに死んだひとよ」*Oh! Snatched Away in Beauty's Bloom*

一八一五年作。日本でも、最も人気のあるバイロンの詩のひとつ。

詠まれている人物は、恐らく、バイロンに近く、彼が大切に思っていた、ジョン・エドルストンを描いたものではないかとも言われる。

バイロンには、この作品の制作時期と前後して、夭折した人物を悼む、同様の主題を持つ詩がいくつか見られる。それらは、有名なバイロンの詩「サーザに」（*To Thyrza*）などを含めた〈サーザ詩篇〉と呼ばれるが、サーザが何者かについては、いまなお学者の間で議論されている。この詩も〈サーザ詩篇〉のひとつに数えられている。

「糸杉」は〈死〉を象徴する植物。〈かなしみ〉は擬人像として表現されている。

作中で語りかけられている相手（＝二人称、「おまえ」）は、先入観から女性であると考えてしまいがちだが、〈女性〉とはどこにも述べられていない。なんなら、モデルにされたかもしれないエドルストンは、〈男性〉ではないか。ジェンダーレスの視点で読むことも可能なのだ。亡き人物がどのような性であれ、死者を弔う美しい世界が広がる作品だ。

明るいといいな、おまえの魂の在処《ありか》が

一

明るいといいな、おまえの魂の在処《ありか》が。
祝福《しゆくふく》された人々の魂が、肉体という殻《から》を破って、
光に包まれ、たどり着く天の星々のなかで、
おまえの魂は、いちばん麗《うるわ》しい。
地上では、おまえは本当に尊《とうと》かったので、
おまえの魂が滅びることはないだろう。
〈神〉がおまえとともに御座《おわ》すと分かれば、
私たちは嘆《なげ》くのをやめ、悲しみは癒《い》えるかもしれない。

二

軽いといいな、おまえの墓《はか》に根《ね》づく草が。

その緑は、翠玉《エメラルド》のようでありますように。
私たちが、おまえのことを思い出すとき、
陰鬱《いんうつ》な影などあってはならない。
若い花々や常緑樹《じょうりょくじゅ》が、
おまえの安らうところから萌《も》え出《で》ますように。
だが糸杉《いとすぎ》や櫟《いちい》はいけない、
祝福された人を、嘆く必要はないのだから。

【解説】

「明るいといいな、おまえの魂の在処《ありか》が」［*Bright Be the Place of Thy Soul*］

無題の作品なので、最初の行の訳をその題名とした。当初『ヘブライのうた』とは別に、一八一五年六月、雑誌『イグザミナー』に掲載された。「ああ、花のさかりに死んだひとよ」と同じ主題を据え、夭折した人物を悼む内容とされる。

語り手によって呼びかけられる相手（＝二人称、「おまえ」）の墓の表現では、「若い花々」や「常緑樹」が〈祝福〉や〈永遠の生命〉を表現する植物として賛美される一方、〈死〉の象徴として用いられる「糸杉」や「櫟」の木は排除するように求められているところが興味深い。

眠れぬ者の太陽よ

眠れぬ者の太陽よ、憂鬱《ゆううつ》な星よ。
涙ぐんだ光は、ぶるぶると震《ふる》えながら遠くを照《て》らし、
おまえが振《ふ》り払《はら》い得《え》ぬ暗闇《くらやみ》を示す。
おまえはなんて似《に》ているんだろう、忘れ得ぬ喜びに。
過《す》ぎ去《さ》った日々の光は、同じように輝《かがや》いている。
けれども、その光は無力《むりょく》で、温《ぬく》もりを知らぬ。
夜の光を、〈悲しみ〉は、眠らずに見つめている。
彼方《かなた》へと、くっきりと澄《す》んで、なんて冷たいんだろう。

眠れぬ者の太陽よ

【解説】「眠れぬ者の太陽よ」*Sun of the Sleepless!*

バイロンは、当初、未完の詩「ハルモディア」の一部として、一八一四年九月に、これらの詩行を書いた。その後、『ヘブライのうた』のひとつとして、この詩行を抜粋した。

「おまえ」と二人称で呼びかけられている、〈眠れぬ者の太陽〉であり〈憂鬱な星〉である星は、月とも金星とも理解できるが、いずれにせよ、太陽の光を受けて輝く、恒星ではない星と考えられる。暗い夜空に浮かび、闇の存在を際立たせる、冷たい光を放つ星は、悲しい気持ちを抱える語り手に対し、過ぎ去った温もりのない思い出を思い起こさせる。鬱状態にある語り手は、悲しみがあまりにも深くて涙が止まらず、眠れないにちがいない。人知れぬ真夜中の、辛《つら》く切ないワンシーンだ。

我が心は暗い

一

我が心は暗い。ああ、早く支度《したく》をしてくれ、
竪琴《たてごと》の音《ね》を聞くだけなら、まだ耐《た》えられそうだから。
この耳に、穏《おだ》やかな竪琴の音を、
おまえのやさしい指先《ゆびさき》で、奏《かな》でて聞かせてくれ。
この胸《むね》に、失《な》くしたくないものがあれば、
その音《ね》を聞いて、不思議《ふしぎ》とまた、思い出せるはずだから。
この目に、涙がまだ枯《か》れていなければ、
溢《あふ》れ出て、焼《や》けつく脳髄《のうずい》をなだめてくれるはずだから。

二

だけど、重たく激《はげ》しい曲がいいんだ、

明るい曲から始めないでくれ。
なあ、私はね、泣かなきゃならないんだ、
沈《しず》んだ心が爆発《ばくはつ》しそうなんだ。
悲しみで心がいっぱいになって、
長く静かな夜、ひどく痛《いた》くて眠れないんだ。
歌に心をゆだねよう。でないと、この先、
この世に救《すく》いなどないとわかって、じきに壊《こわ》れてしまうから。

【解説】「我が心は暗い」*My Soul Is Dark*

一八一四年作。邦訳も数多く出版されている。この詩は、旧約聖書サムエル記上（十六章十四—二十三節）に基づく。語り手には、羊飼いの青年ダビデの演奏する竪琴に、耳を傾ける王サウルを据える。

サウルは、統一イスラエル王国の初代国王（在位前一〇二〇—前一〇一〇）。ペリシテ人による圧迫に苦しむイスラエルにおいて、権力を持っていた預言者サムエルは、神のことばに従い、背が高く美しい青年であるサウルを王とした。サウルは、周囲の諸民族との戦いに勝利し、彼らを征服するが、ペリシテ人には苦戦を強いられた。さらに、神のことばにも背いたため、神が彼から離れ、悪霊に苛まれるようになった。この詩はまさに、悪霊に苛まれている、このときのサウルを描いている。

二十一世紀の現代にあっては、内外の課題を抱えすぎた王が、数々のストレスをさばききれず、脳がうまく働かなくなり、鬱病（一説にノイローゼ）を発症したというふうに言えそうだ。悲しい気持ちで精神が完全に塞がり、わけもなく、とめどなく涙が流れ続ける。サウルはどんなに辛かっただろう。

さて、『ヘブライのうた』に曲を附した作曲家ネイサンによると、バイロンがこの詩を書いたのは、「狂人がどうしたらものを書けるのかを試す」ためらしい。バイロンは、「熱心に筆を執っていたが、一瞬、獰猛《どうもう》で威厳ある雰囲気で、虚空をじっと見つめた。そして、霊感が閃いたように、ひとことも消すことなく、先に述べた詩行を書きつけた。『筆を持つ僕の頭がおかしいのなら、作曲するきみの頭もまちがいなくおかしいぜ。』という見解を述べつつ、彼はその詩を僕によこしたのだった」(*Mathan*, 37)と、ネイサンは述べている。バイロンはうまくサウルの心情を思い遣ることができたのだろうか。

※ペリシテ人　古代パレスチナの民族。

サウル

一

呪文《じゅもん》で死者をよみがえらせる者よ、
預言者《よげんしゃ》サムエルを呼び覚ませ。
「サムエルよ、埋《う》もれたおまえの頭をあげろ、
サウル王よ、預言者の亡霊《ぼうれい》を見ろ。」
大地が口を開き、煙《けむり》の中から預言者が現れた。
光が弱まり、死体を覆《おお》っていた布は見えなくなった。
ガラス玉のような目で、じっとこちらを見つめて、〈死者〉は立っていた。
その手は萎《な》え、その静脈《じょうみゃく》は干乾《ひか》びていた。
足は白骨化《はっこつか》してぎらつき、
しなびて、筋肉《きんにく》もなく、おぞましいほど剝《む》き出《だ》しだった。
動かず、呼吸もなく、ただの骨格《こっかく》となった唇《くちびる》から、

洞窟《どうくつ》によどむ風のような、うつろな声が漏《も》れてきた。
サウルは見た、そして倒《たお》れた、雷《かみなり》の一撃《いちげき》をくらった瞬間《しゅんかん》、
楢《なら》の樹《き》が、バリバリと轟音《ごうおん》を立てて倒れるように。

二

「なぜ眠りをかき乱《みだ》すのだ？
誰が死者を呼び起こすのだ？
おや、おまえか、王よ。
見ろ、私の手足は血《ち》の気《け》も失《う》せて、冷たいものだ。
だが、明日になれば、おまえもこうなる、
私とともに、土へ還《かえ》るそのときにな。
明日の日没《にちぼつ》までには、
おまえも、おまえの息子も、こうなるのだ。
私と別れていられるのも、一日だけだ、
肉体はぼろぼろの土《つち》くれとなり、いずれ我々は混《ま》じりあう。
降《ふ》り注《そそ》ぐ矢《や》に射抜《いぬ》かれて、

一族郎党《いちぞくろうとう》、おまえたちは、みな、地《じ》べたに死んで横たわる。
おまえは、自分の手に刀《かたな》を握《にぎ》らせ、
ひといきに、その心臓を突《つ》かせるのだ。
サウルも、その血をひく者も、みな、
王冠《おうかん》を奪《うば》われ、骸《むくろ》となって、首を斬《き》られ、滅《ほろ》びるのだ。」

サウル

【解説】「サウル」*Saul*

一八一五年作。この作品は、旧約聖書サムエル記上（二十八章七―二十節）に基づく。

神の離れた（神の加護を失くした）サウルは、強敵ペリシテ人との戦いを前に、その軍勢を見て恐れをなす。そして、エン・ドルという所にいる、異教的な口寄せ魔術師（死んだ人間の霊を呼び出して語らせることができる女）のところに、変装してお忍びで赴《おもむ》く。自分を王にした預言者サムエルの霊を呼び出し、話したいのだと要求する。そして、呼び出されたサムエルの霊は、サウルとその一族の滅亡を予言する。

この作品は、エン・ドルの魔術師が、サムエルの霊の召喚に成功し、サウルの前に現れたところから始まり、サムエルの霊が語り終えたところで終わる。

サムエルの劇的な語りは、旧約聖書に比べて人間味が増し、青年に〈上から目線〉で話をする饒舌《じょうぜつ》な老人風だ。旧約聖書で繰り返される〈神〉（＝〈主〉Lord）に対する言及は一切なく、サウルが死んで〈土くれ〉（=clay）になることに、表現を集中させている。

なお、旧約聖書では、〈神〉が憑《つ》いている人は、神に選ばれた人物として、様々な苦難を乗り越えられるが、神に背き、神が離れてしまうと、一回選ばれた人物でも、その運勢は傾く。時には、神はそのような人物や人々に罰を与えるために、敵に憑くこともあるのだ。神が敵に憑いて人々に苦難を強いたとしても、人々は信仰を篤くして神を信じ続けるように求められる。

神の言いつけをサウルが実行しなかったことによって、神はサウルから完全に離れてしまい、部下のダビデに憑くようになった。おかげでサウルは悪霊に苛《さいな》まれる（鬱状態になる）し、ペリシテ人との戦いには完全に敗北して死ぬことになる。美形の青年王は、やがて非業の最期を迎えることになるのだ。

最後の戦いのまえの、サウルの歌

一

戦いに集《つど》いし者どもよ。鏃《やじり》や刀《かたな》が、
神の軍勢《ぐんぜい》の王たる俺を射貫《いぬ》くことがあって、
おまえたちの進む道に斃《たお》れようと、かまうんじゃないぞ。
その刀《かたな》で、ガトのペリシテ人の心臓《しんぞう》を深く刺《さ》して、殺《ころ》せ。

二

俺の武器を持つ従卒《じゅうそつ》よ、いいか、
このサウルの兵どもが、敵前逃亡《てきぜんとうぼう》の兆《きざ》しを見せたら、
猶予《ゆうよ》は要《い》らん、俺を刺《さ》し殺《ころ》して、血まみれにしろ。
奴《やつ》らが厭《いや》がる死にざまこそ、俺の宿命《しゅくめい》だからな。

三

他の者とは別れても、愛する息子よ、
我が王権《おうけん》を継《つ》ぎし者よ、おまえとはずっと一緒だ。
この王冠《おうかん》はあまねく輝《かがや》き、地上をどこまでも支配する。
でなければ今日、威風堂々《いふうどうどう》、ともに死に臨《のぞ》むのだ。

最後の戦いのまえの、サウルの歌

【解説】「最後の戦いのまえの、サウルの歌」*Song of Saul Before His Last Battle*

一八一五年作。この作品は、旧約聖書サムエル記上（二十八―三十一章）に基づき、語り手にはサウルを据える。サムエル記上三十一章には次のようにある。

サウルに対する攻撃も激しくなり、射手たちがサウルを見つけ、サウルは彼らによって深手を負った。サウルは彼の武器を持つ従卒に命じた。「お前の剣を抜き、わたしを刺し殺してくれ。あの無割礼の者どもに襲われて刺し殺され、なぶりものにされたくない。」だが、従卒は非常に恐れ、そうすることができなかったので、サウルは剣を取り、その上に倒れ伏した。

以前サウルが神のことばに背いたため、神はもはやサウルを守らなくなり、命運の尽きたサウルが自殺に追い込まれる場面である。

なお、この詩の第三連に登場する「息子」は、サウルの勇敢な息子ヨナタンのこと。

※ガト　南部パレスチナの古代都市。ユダヤの人々の敵である、ペリシテ人の住む都

市のひとつ。サウル王はこの近くで戦死した。
※ペリシテ人　「我が心は暗い」【解説】を参照のこと。

おまえは生涯を終え

一

おまえは生涯《しょうがい》を終え、その伝説が始まる。
　祖国《そこく》の歌には、
選ばれた〈男〉の勝利が、
　刀《かたな》についた血の記憶が、
武勲《ぶくん》が、戦場が、
　解放が、歌われるのだ。

二

おまえは斃《たお》れた、だが俺たちが捕《と》らわれないかぎり、
　おまえは生き続けるのだ。
おまえの肉体から噴《ふ》き出《だ》した血は、

したたり落ちてなるものかと、
俺たちの血管《けっかん》へと流《なが》れ込《こ》んだから、
俺たちの血脈《けつみゃく》で、おまえの霊《れい》が息衝《いきづ》くのだ。

三

おまえの名を叫《さけ》んで、
敵への攻撃《こうげき》を仕掛《しか》けよう。
おまえの斃れる姿《すがた》を、
乙女《おとめ》たちに歌わせよう。
おまえの栄誉《えいよ》に涙は不要《ふよう》、
おまえに涙など、ふさわしくないのだ。

おまえは生涯を終え

【解説】「おまえは生涯を終え」*Thy Days Are Done*

一八一四年作。この詩集の主題である、ユダヤ・ヘブライに関する内容には一致しないように思われる。しかし、旧約聖書サムエル記下（一章十九―二十七節）におけるダビデの嘆きとの関連も指摘される。

ダビデは、統一イスラエル王国の第二代国王（在位前一〇〇〇頃―前九六二）。ベツレヘムの羊飼いの出身。竪琴の名手でもあり、サウルの宮廷に楽師として入り、サウルの息子ヨナタンとは篤い友情で結ばれる。ペリシテ人との戦いで活躍し、人々の間で人気が高まると、サウルに疎まれるようになり、逃亡生活を送る。サウルの死後、王位に就き、強大な古代国家を築く。

この詩の語り手がダビデであると捉えるならば、二人称（＝〈おまえ〉）はヨナタンか。旧約聖書では、サウルとヨナタンの両者が、ダビデの嘆きの対象だ。

また、この詩は、バイロンのいとこで、イギリス海軍の指揮官だったピーター・パーカー卿の戦死に取材した「ピーター・パーカー卿の死に際して」の代替作品であるとも指摘されている（Ashton, 23）。一説にはナポレオンのことを歌っているとも言われる。

歌う大王が竪琴を奏でたのだ

一

歌う大王が竪琴《たてごと》を奏《かな》でたのだ、
　男の中の王、天に愛された者だ。
その音色《ねいろ》が〈音楽〉を煌《きら》めかせた。
弦は弾《はじ》かれ、旋律は〈音楽〉を歎《なげ》かせ、
涙を流させ、その心をふるわせた。
鉄のように頑《かたく》なな男たちの心は和《やわ》らぎ、
おびえた心に勇気が宿《やど》った。
玉座《ぎょくざ》の力よりも強く、〈ダビデの竪琴〉が鳴《な》り響《ひび》いたのだ。
その音色に、閉《と》ざされた耳も、冷えた心も、
感じ入《い》って、燃《も》え上がった。

二

竪琴は、われらの王の勝利を告《つ》げ、
　われらの神に栄光を捧《ささ》げた。
竪琴は、歓喜《かんき》する谷に鳴《な》り響《ひび》き、
　杉《すぎ》の樹々《きぎ》をかしずかせ、山をうなずかせた。
やがてその音《ね》は天へと昇《のぼ》り、とどまったのだ。
それ以来、もはや地上でその音は聞かれなかったが、
真昼《まひる》の眩《まばゆ》い光には、その音を天から振《ふ》り払《はら》えるとは、
夢にも思われないので、その音のとどまる天高《てんたか》くへと
　さあ舞《ま》い上《あ》がれと、〈献身《けんしん》〉と娘の〈愛〉が、
　なおも閃《ひらめ》く御魂《みたま》に命《めい》じるのだ。

【解説】「歌う大王が竪琴を奏でたのだ」*The Harp the Monarch Minstrel Swept*

一八一五年作。巧みに楽器を奏でる、旧約聖書の英雄ダビデを主人公に据えた作品。ダビデは、羊飼いから身を立て、イスラエル王にまでのぼりつめた人物。賢く姿形の麗しい羊飼いの少年だが、勇敢で音楽にも長けていた。

旧約聖書サムエル記上（十六章十四—二十三節）に基づく「我が心は暗い」で、王サウルが、悪霊に苛まれている（鬱病で苦しんでいる）ときに、音楽を奏でてその苦しみを緩和しようとした青年がダビデだ。この詩は、サウルの死後、王となったダビデが、自分の兵士たちを前に、竪琴を奏でて聞かせた、という設定。第二連に見られる語り手（一人称複数形所有格〈＝われらの、our〉）は、ダビデに仕える人物を指す。

バイロンによるテクストは、版によってやや違いが見られるが、それは、作曲者ネイサン、詩人バイロン、出版社のマレーの間でのやりとりが錯綜《さくそう》していたことに由来するものと考えられている。

また、当時流行した〈民族のうた〉の系譜に位置するムーアの『アイルランド歌曲集』の影響が、この詩には見られると指摘されている（McGann, 468）。

〈恃《たの》み〉があることは幸せだ

「宇宙の因果を知りきわめた人は幸せである」

ウェルギリウス

一

〈恃《たの》み〉があることは幸せだと言われるけれど、
　真実の〈愛〉は過去を大切にするはずだ。
そして〈思い出〉は、祝福の気持ちを呼び覚ます。
その気持ちは、最初に湧《わ》きあがり、最後に沈《しず》みゆく。

二

思い出のなかでいちばん大切なものは、
かつて私たちが、唯一《ゆいいつ》の恃みとしていたもの。
恃みゆえに情熱を傾《かたむ》け、挙《あ》げ句《く》失《うしな》ったものはすべて、
　思い出の中へと溶《と》けていった。

三

ああ、すべては幻《まぼろし》、
　遠い未来に、私たちは欺《あざむ》かれる。
私たちはもう、あの頃《ころ》に戻《もど》れるはずもなく、
　今の自分たちについて、あえて考えないようにしよう。

【解説】「〈恃《たの》み〉があることは幸せだ」*They Say That Hope Is Happiness* 原稿は現存していない。おそらく一八一四年の終わりに書かれたのではないかという説がある。バイロンの死後、初めて出版された。

ウェルギリウスによるエピグラフ（題辞）については、ウェルギリウス『牧歌／農耕詩』（小川正廣訳、京都大学学術出版会、二〇〇四、一三七頁）を参照のこと。

拠り所にしていたものが、輝かしい未来の姿を我々に見せ、それを〈恃み〉として頑張ってみても、結局は徒労に終わることは、人生には多くある。切なくも苦々しい人生経験が表現されている。

あの天上の世界が

一

この世の彼方《かなた》にある、あの天上《てんじょう》の世界が、
ながらえる〈愛〉を慕《した》ってくれるのなら、
涙は別にしても、温かい心が愛され、
そのまなざしが変わらないのなら、
あの未踏《みとう》の蒼穹《そうきゅう》は、なんとありがたいことか、
この臨終《りんじゅう》の時は、なんと甘く美しいものか、
あらゆる恐れが、地上《ちじょう》より舞《ま》いあがり、
〈永遠〉よ！　おまえの光へと消えてゆくなんて。

二

そういうものにちがいない、自分のためではないのだ、

われらが懸崖《けんがい》の縁《ふち》でふるえがとまらないのは、
奈落《ならく》の淵《ふち》を飛び越《とこ》えようとあがき、
ちぎれそうな〈存在〉の環《わ》にしがみつくのは。
ああ、来世ではこう考えよう、
共感する心、それぞれの心を抱きしめて、
ともに不滅《ふめつ》の川の水を飲むのだ、と。
心に宿《やど》る魂が、不朽《ふきゅう》のものとなるのだ、と。

あの天上の世界が

【解説】「あの天上の世界が」*If That High World*
一八一四年作。生と死、有限の肉体と無限の魂を対立軸として、死後の世界を描いている。

この苦しむ肉体が冷えきるとき

一

この苦しむ肉体が冷えきるとき、
　不滅の魂はどこへ行《ゆ》くのか、
死ぬことも、とどまることもできず、
　黒ずんだ死骸《しがい》の灰をあとに残して。
形もなく、少しずつ、ひとつずつ惑星をたどり、
　天空の道を進むのか。
それとも、すべてを見通す目のようなものとなって、
　宇宙空間にとけこむのか。

二

永遠に自由に生き続ける、

目に見えぬその想念《そうねん》は、
空と大地のあらゆるものを目にして、
過去を思い返し、未来を見通すだろう。
記憶がとどめている、真っ暗でおぼろげな、
ひとりひとりが生きていた頃の痕跡《こんせき》を、
その魂は、じっと広く見渡《みわた》している。
やがてほどなく、過去の出来事が立ち現れる。

三

神が〈創世《そうせい》〉を行い、人間が地上に暮らし始める以前へと、
その魂の目は、混沌《こんとん》を越《こ》えて、遡《さかのぼ》って行《ゆ》くだろう。
空の奥、はるかな天の生まれた場所へと、
その魂は、高く高く、痕跡をたどって行《ゆ》くだろう。
遠い未来の、破壊《はかい》と再生の場所で、
その魂は、存在するすべてのものを、広く見渡すだろう。
太陽が消滅《しょうめつ》し、太陽系が崩壊《ほうかい》しても、

その魂は、永遠に存在する。

四

愛情も願望《がんぼう》も、憎《にく》しみも恐怖《きょうふ》も、情熱も穢《けが》れも、
なにひとつないまま、その魂は生きる。
地上の一年が過《す》ぎ行《ゆ》くように、ひとつの時代が過ぎて行《ゆ》く。
瞬《また》く間《ま》に、歳月《さいげつ》が過ぎて行く。
翼《つばさ》も持たずに、遠くへと、遠くへと、
その想念は、あらゆるものを、通り抜けて飛《と》び越えて行く。
名もない、永遠のものが、
死とは何だったのかを、忘れながら。

この苦しむ肉体が冷えきるとき

【解説】「この苦しむ肉体が冷えきるとき」*When Coldness Wraps This Suffering Clay*

一八一五年作。

表題の「clay」には、〈粘土〉・〈土〉の意味がある一方で、それは神による創造・生命の象徴でもある。バイロンは、肉体の有限性を強く意識するときに、「clay」を用いる。すなわち、肉体（=有限、土）と魂（無限、天）の対比構造を利用する。

また、この作品は、前掲の「あの天上の世界が」とペアになるものだ。死後の世界については、後に執筆された劇詩『カイン』で、悪魔ルシファーの示す世界観にも通じるところがある。

「すべてはむなしい、と伝道者《コヘレト》は言う」

一

俺には、知恵も名誉《めいよ》も、愛も権力もあった、
　俺は、健康で若かった。
盃《さかずき》には、あらゆる酒をなみなみと注《そそ》いだし、
　美女たちの体が、俺を抱きしめてくれた。

心が美しいものに触《ふ》れると、
　考え方が穏《おだ》やかになると思った。
この世で輝《かがや》く、麗《うるわ》しいものはすべて、
　俺はこの手におさめていたのだ。

「すべてはむなしい、と伝道者は言う」

二

思い出せる限《かぎ》り、数えてみようじゃないか、
　この世のあらゆるものが、俺をそそのかし、
繰《く》り返《かえ》すようにせまる日々が、
　いったいどれほどあったのか。数えきれない。

快楽《かいらく》に身を委《ゆだ》ねては、苦々《にがにが》しい気持ちのまま、
　日が昇《のぼ》り、時が流《なが》れた。
俺の力を示すあらゆる飾《かざ》りがぎらぎらするたびに、
　俺は胸《むな》くそが悪くなった。

三

狡猾《こうかつ》なことばを使ったばっかりに、
　悪意《あくい》ある〈野《の》の蛇《へび》〉は、打《う》ち負《ま》かされたけれど、
心臓《しんぞう》にぐるぐると巻《ま》きつく蛇を、
　惑《まど》わせてほどいてくれる力など、誰にもない。

蛇の奴《やつ》め、叡智《えいち》の声を聞くつもりはないし、
　音楽を聞く耳さえ持たない。
あいつは永遠に魂を苛《さいな》むから、
　魂は永遠に耐《た》えなくちゃならない。

「すべてはむなしい、と伝道者は言う」

【解説】「〈すべてはむなしい、と伝道者《コヘレト》は言う〉」'*All is Vanity, Saith the Preacher*' 一八一五年作。〈コヘレト〉は従来〈伝道者〉と訳され、「集会を招集する者」もしくは「集会の場で語る者」を意味する。この作品は、旧約聖書の〈コヘレトの言葉〉に取材している。作品中の語り手は、ソロモンを彷彿《ほうふつ》とさせる人物として描かれている。

統一イスラエル王国で、ダビデの子としてその権力を引き継ぎ、「ソロモンの栄華」と呼ばれるほどに栄華を極めた王ソロモンは、大いなる知恵を備え、英雄的な人物として、これまで広く理解されている。彼はまた、エルサレムに壮麗な神殿を築いたことでも有名だ。

バイロンは〈コヘレトの言葉〉を気に入っていたと伝えられているが、『ドン・ジュアン』において、それは「真のキリスト教のお手本」(VII, 6)であると述べている。ユダヤ教徒に対する理解に基づいた意味で気に入っていたというわけではないところは、注目すべきだろう。

音楽のための詩（おまえの名前を）

おまえの名前を、俺は、口にしない、書かない、囁《ささや》かないよ。
それは悲しい響《ひび》きを持ち、罪深《つみぶか》いと噂《うわさ》されたから。
涙は今、炎となって俺の頰《ほほ》に火傷《やけど》を負わせ、
静かな心に宿《やど》る、深い情念《じょうねん》を告《つ》げかねない。

積《つ》み重《かさ》ねてきた時間は、二人の情熱には短すぎて、
穏《おだ》やかに過ごすには長すぎた。あの喜びや苦しみは消えちゃうのかな。
俺たちは、悔《く》やみ、否認《ひにん》し、肉体の鎖《くさり》から抜け出すだろう。
この世を去り、飛翔《ひしょう》しなくちゃいけない、再びつながり合うために。

喜びはおまえのもの、罪は俺のもの。
大事な人よ、許してほしい、もしお望《のぞ》みなら俺を棄《す》ててね。

おまえが何を壊《こわ》そうと、俺の抱く心臓は、他人には壊させまいよ、
貶《おとし》められないうちに、息絶《いきた》えさせよう。

俺の魂は、最も苦々《にがにが》しい黒《くろ》みを帯《お》びて、
傲慢《ごうまん》な奴《やつ》らには苛酷《かこく》になっても、おまえには慎《つつ》ましくなれる。
おまえがそばにいてくれれば、足元《あしもと》に広がる下界《げかい》よりも、
日々は速く、時刻《とき》はより甘美《かんび》に思える。

おまえが悲しくため息をつけば、俺はうろたえて慰《なぐさ》めるし、
おまえが愛《いと》しい姿を見せれば、俺は目が離《はな》せずにたしなめられる。
俺たちが棄《す》てるあらゆるものに、薄情《はくじょう》な奴らは驚《おどろ》くだろうが、
奴らには応じるな。おまえの唇《くちびる》は俺のだけに応《こた》えればいい。

【解説】「音楽のための詩（おまえの名前を）」*Stanzas For Music (I Speak Not – I Trace Not – I Breathe Not)*

制作年不詳。バイロンの存命中は世に出なかった。バイロンの異母姉オーガスタとの恋愛を主題に据えている、極めてプライベートな作品。

一八一三年の夏から一八一六年春まで、二人は恋愛関係にあった。二人の関係は、いわゆる〈近親相姦〉であり、バイロンの妻が彼のもとを去ると、二人の関係はスキャンダルとして噂されるようになった。やがて、バイロンはイギリス国内での身の置きどころがなくなり、とどまることを断念、一八一六年春、大陸へと旅立った。

この詩の語り手は、作者であるバイロンを強く思い起こさせ、同時に、二人称の〈おまえ〉とはオーガスタであろうと、読み手に強く想像させる。また、第三連は、『マンフレッド』の第二幕第四場を彷彿《ほうふつ》とさせる。

この詩の第二連、「俺たちは［…］肉体の鎖から抜け出すだろう。／この世を去り、飛翔しなくちゃいけない、再びつながり合うために。」（we will break from our chain; / We must part – we must fly to-unite it again.）は、『貴公子ハロルドの巡礼』第三篇第七十二連（a link reluctant in a fleshly chain）を想起させる。翻訳にあたっては、できるだけわかりやすくするため、そちらを参照し、ことばを補った。また、「飛翔しなくちゃいけない」という表現は、肉体から解き放たれた二人の魂が、天へと昇り、生きとし生けるものの魂が連結し合う場所で、再び統合されてつながる様子を示している。

ヨルダン川の岸辺では

一

ヨルダン川の岸辺《きしべ》では、アラブのラクダがさまよう、
シオンの丘では、偽神《ぎしん》の信者が祈《いの》りを捧《ささ》げる、
シナイの山の斜面《しゃめん》では、バアルを崇拝《すうはい》する者がひれ伏《ふ》す。
しかしそこにさえ、神よ、あなたの雷《いかずち》は眠る。

二

そこは、石碑《せきひ》を、あなたが指で焦《こ》がしたところ。
そこは、信徒《しんと》に、あなたが影《かげ》を閃《ひら》めかせたところ。
あなたの栄光は、炎《ほのお》の衣《ころも》に包まれたけれど、
あなたご自身、この世の者には目に見えぬまま、永遠に存在する。

三

おお、閃光《せんこう》のなかに、あなたのまなざしが現れますように。
迫害者《はくがいしゃ》の震《ふる》える手から、その槍《やり》を奪《うば》ってください。
あとどれくらい、暴君《ぼうくん》どもに、あなたの土地を踏《ふ》みにじらせるのですか。
あとどれくらい、神よ、神殿《しんでん》で、あなたに祈りを捧げられないのですか。

ヨルダン川の岸辺では

【解説】「ヨルダン川の岸辺では」*On Jordan's Banks*
一八一四年作。語り手には、おそらく預言者エリヤもしくは彼と同時代（紀元前九世紀頃）に生きる人物を据えており、いにしえのモーセと神との出来事を回想するという形をとる。
紀元前九二六年に、ソロモンが亡くなると、統一イスラエル王国は北の「イスラエル王国」（＝北王国）と、南の「ユダ王国」（＝南王国）に分裂。預言者エリヤは、北王国の王アハブ（在位前八七三―前八五三）の時代に活躍した人物。アハブの妻で王妃のイゼベルは、フェニキア出身で、バアル神の信者だった。そのため、バアル神を祀《まつ》る神殿を建設し、イスラエルの預言者たちを弾圧した。エリヤは、イゼベルやバアルの預言者と対決し、結果的にイスラエルの神の強さを証明した。しかし、イゼベルはエリヤの殺害を画策。エリヤは自分の身の危険を感じて逃亡し、かつてモーセが十戒を授かったとされるシナイの山（＝ホレブ山）にたどり着き、そこに身を隠した。
第一連には「ヨルダン川」、「アラブ」、「シオンの丘」、「シナイの山」と、中東地域の、わりと広大な地域を表現する地名が、立て続けに用いられており、作中の地理的スケールの大きさを表現している。

　第二連では、いにしえにおいて、モーセが十戒を授かったことを彷彿《ほうふつ》とさせる表現が続く。

※ヨルダン川　パレスチナ地方を流れる川。現在のシリアのヘルモン山からガリラヤ湖、死海へと注ぐ。
※アラブ　作中においては、アラビア半島を指し示しているようにも思えるが、地理的領域において、どこを示しているのかは判然としない。
※シオン　エルサレム南東部の丘で、イスラエルの象徴とされる。王ダビデが祭壇を築いて以来、聖なる山となった。（イスラエルについては、後出「野のかもしか」【解説】を参照のこと。）
※シナイの山　ホレブ山のこと。聖なる山。エジプト北東部のシナイ半島中南部にある山。旧約聖書の出エジプト記で、指導者モーセが神から十戒を授かった場所。
※バアル　古代パレスチナ地方、とくにフェニキアで、広く信仰を集めた、多神教の主神であり、男神。雨や嵐の神。

センナケリブの破滅

一

羊小屋へ向かう狼《おおかみ》さながら、アッシリア人が襲来《しゅうらい》した。
紫や金に彩《いろど》られ、歩兵隊《ほへいたい》はぎらぎら光った。
歩兵の槍《やり》の煌《きら》めきはまるで、夜《よ》ごと、深いガリラヤ湖に
青い波が打《う》ち寄《よ》せるとき、水面にまたたく無数の星のようだった。

二

夏、緑が燃《も》え立《た》つころの、森の樹々《きぎ》の葉叢《はむら》のように、
日の入《い》りには、数多《あまた》の幟《のぼり》立つ力強い軍勢《ぐんぜい》が見られた。
秋、野分《のわき》が吹《ふ》くころの、森の樹々の葉叢のように、
日の出には、力無《ちからな》く散《ち》った軍勢が、累々《るいるい》と横たわった。

三

なぜなら、〈死の天使〉が、一陣《いちじん》の風とともに、その翼《つばさ》を広げたからだ。
通りすがりに、敵《てき》の顔に、その吐息《といき》を吹《ふ》きかけたからだ。
眠る人の眼《まなこ》は、生気《せいき》を失《うしな》い冷たくなって、
心臓は、ドクンと鼓動《こどう》を打ったきり、完全に止まったのだ。

四

横たわる軍馬《ぐんば》の鼻孔《びこう》は、大きく開いているけれど、
その鼻孔を、誇《ほこ》り高《たか》き吐息が通《かよ》ってはいなかった。
岩礁《がんしょう》に打ちつける波飛沫《なみしぶき》さながら、
喘《あえ》いで口からあふれた泡《あぶく》は、白々《しらじら》と冷えて、草地《くさち》にこぼれていた。

五

蒼褪《あおざ》めた騎手《きしゅ》は、体を歪《ゆが》めて横たわっていた、
額《ひたい》には朝露《あさつゆ》が光り、鎖帷子《くさりかたびら》は錆《さ》びついていた。
天幕《てんまく》は静まり返っていた。幟は取《と》り残《のこ》され、

槍は地べたに散らばり、喇叭《らっぱ》の音《おと》は鳴《な》らなかった。

六

アッシュールの街《まち》では、窓から叫《さけ》び声が聞こえた、バアルの神殿では、神像《しんぞう》が破壊《はかい》された。
異教徒《いきょうと》たちの力は、刀《かたな》が振《ふ》るわれることもなく、雪のように融《と》けてしまったのだ、〈主《しゅ》〉の一瞥《いちべつ》によって。

センナケリブの破滅

【解説】「センナケリブの破滅」*The Destruction of Sennacherib*

一八一五年作。この詩の内容は、旧約聖書列王記下（十九章）とイザヤ書（三十七章）に拠る。

アッシリアは、西アジア、メソポタミア北部、チグリス川上流の都市アッシュールを中心として、紀元前二〇〇〇年頃から強大な古代国家を形成し、紀元前六七一年には、この地域で最初の帝国となった。「イスラエル王国」（＝北王国）は、このアッシリアの王サルゴン二世（在位前七二二―前七〇五）によって滅ぼされた。

センナケリブは、古代アッシリア帝国の王（在位前七〇五―前六八一）で、サルゴン二世の子。紀元前七〇一年、大軍を率いてエルサレムに進軍し、ユダ王国（＝南王国）に散在する砦の町を占領。さらにエルサレムを陥落させようとするが、エルサレムとその周辺だけは攻略できなかった。イザヤ書三十七章には、次のようにある。

主《しゅ》の御使《みつか》いが現れ、アッシリアの陣営で十八万五千人を撃った。朝早く起きてみると、彼らは皆死体となっていた。アッシリアの王センナケリブは、そこをたって帰って行き、ニネベに落ち着いた。彼が自分の神ニスロクの神殿で礼拝しているときに、二人の息子アドラメレクとサルエツェルが彼を剣にかけて殺した。彼らはアララトの地に逃亡し、センナケリブに代わってその子エサル・ハドンが王となった。

その後、アッシリアは弱体化し、チグリス川下流を中心に興った新バビロニア王国と、現在のイランの辺りを治めていたメディア王国の連合軍によって侵攻を受け、内乱なども多々あって、紀元前六〇九年に滅亡した。

さて、この作品を見てみよう。

第一連から第二連の前半二行では、アッシリアの軍勢の強大さが、甲冑《かっちゅう》のきらびやかさや武器の金属の耀きによって表現される。ひとりひとりの兵士たちも、その生命を躍動させ、生き生きしている。

しかし、第二連の後半二行から第五連にかけて、〈死の天使〉の力によって、一転して兵士たちの命は失われ、彼らの死体で大地が覆われる。この明確なコントラストの表現は、見事としか言いようがない。

作品全体の、湖や星、森の樹々、草地や朝露などの、微細な自然の描写にも注目すべきであろう。

※ガリラヤ湖　現在のイスラエル北東部、ガリラヤ地方の、ヨルダン川中流に位置する湖。
※アッシュール　アッシリアの都。紀元前十四世紀から紀元前九世紀にかけて発展、繁栄した。

野のかもしか

一

ユダヤの山では、野《の》のかもしかが
　今も心躍《おど》らせ跳《は》ねまわり、
聖地《せいち》に湧《わ》き出《で》て涸《か》れることのない、
　七瀬《ななせ》の水を飲むのかしら。
ひらりとその身をかわしては、
縛《しば》られることなく我《われ》を忘れて、目を煌《きら》めかせて。

二

同じ仕草《しぐさ》を、もっと輝《かがや》く目を、
　ユダヤの大地は、見てきたのだ。
かつては喜びに沸《わ》いた景色《けしき》いちめん、

ずっと綺麗《きれい》な人々がいた。
レバノンには、今も杉《すぎ》が揺《ゆ》らめくけれど、
誇《ほこ》り高きユダヤの乙女《おとめ》たちは、もういない。

三

あの平原《へいげん》に影を落とす棕櫚《しゅろ》の樹々《きぎ》は、
離散《りさん》したイスラエルの民《たみ》よりも恵まれている。
一本一本、その根を張《は》って、
狷介《けんかい》孤高《ここう》に立っている。
生まれた場所を離《はな》れることもなく、
ほかの土地に生きようとも思わない。

四

でもね、我《われ》らは、さまよい、衰《おとろ》えて、
ほかの土地で死ななきゃならない。
そして、祖先《そせん》の遺灰《いはい》がどこにあろうと、

我らの遺灰は、決してそこには埋葬《まいそう》されない。
我らの神殿《しんでん》には石ひとつ残《のこ》されていない、
サレムの玉座《ぎょくざ》には、〈嘲《あざけ》り〉が坐《すわ》っている。

野のかもしか

【解説】「野のかもしか」*The Wild Gazelle*
離散するユダヤの人々の哀愁を主題に据える。「ユダヤ人の流浪の悲哀を歌った詩」(笠原、二九二)である。語り手には土地を追われたユダヤ人を据えている。

※ユダヤ　パレスチナ南部、エルサレムを中心としたユダ王国（＝南王国）の土地。南王国は、ソロモンの没後、統一イスラエル王国が南北に分裂した際、その南半分で成立した王国。都がエルサレム。しかし、紀元前五八六年には新バビロニアに滅ぼされ、多くの住民がバビロンに連れ去られた（いわゆる「バビロン捕囚」。紀元前五九七年、紀元前五八六年）。

※レバノン　西アジア、地中海東岸の地域。杉の産地。

※イスラエル　旧約聖書で、ユダヤ教の神に選ばれた民族の総称。統一イスラエル王国が南北に分裂した際、北王国のことを「イスラエル」と呼ぶようになったが、やがて北王国が（南王国よりも早く）滅亡すると、区別していた南王国の領域のことも指すようになった。

※サレム　エルサレムのこと。「エフタの娘」【解説】を参照のこと。

ああ、泣いてくれ

一

ああ、泣いてくれ、バベルの小川《おがわ》のほとりで泣く人々のために。
彼らの社《やしろ》は荒廃《こうはい》し、彼らの土地は夢《ゆめ》まぼろし。
破壊《はかい》されたユダヤの竪琴《たてごと》のために、泣いてくれ。
弔《とむら》ってやってくれ——神の御座《みざ》には、今、瀆聖《とくせい》の者どもが座《ざ》す。

二

イスラエルが、血まみれの足を洗うのは、どこ？
シオンの歌がふたたび優しく聞かれるのは、いつ？
もういちど、天の御声《みこえ》に高鳴《たかな》る胸《むね》を、
ユダヤのしらべが喜《よろこ》ばせるのは、いつ？

三

さすらい、疲れきった人々よ、
おまえたちはどのように逃《のが》れ、安らぐのか？
野《の》の鳩《はと》には巣《す》がある、狐《きつね》には塒《ねぐら》がある、
人間には〈故郷《ふるさと》〉がある、だがイスラエルには墓《はか》しかない。

【解説】「ああ、泣いてくれ」*Oh! Weep for Those*

一八一四年作。この作品は、旧約聖書哀歌（五章十五節）、詩編（一三七章一－四節、五十五章六節）、新約聖書マタイによる福音書（八章二十節）との関連が指摘されている。また、おそらく、「ヘブライのうた」として、バイロンが特別に書いた、最初の一連の詩のひとつと見られる。当時流行した〈民族のうた〉の系譜に位置するムーアの『アイルランド歌曲集』の影響があるとされる（Cochran, 2006, 12）。「バベル」とは、「バビロン」と同義で用いられている地名。この詩では、バビロン捕囚によって、ユダ王国から強制的にバビロンへと連れて来られた人々を主題に据える。（前出「野のかもしか」の【解説】を参照のこと。）

この作品は、「野のかもしか」や「バビロンの水辺に座って」とともに、比較的邦訳が多く出ている。地名に関する事柄を、ある程度想像することができれば、比較的主題をとらえやすいことが、その理由ではないだろうか。

※バベル　旧約聖書に出てくる地名、一般には「バビロン」と同義として理解される。

※ユダヤ　前出「野のかもしか」【解説】を参照のこと。
※イスラエル　前出「野のかもしか」【解説】を参照のこと。ただし、この作品では、土地を擬人化して表現している。
※シオン　前出「ヨルダン川の岸辺では」【解説】を参照のこと。

バビロンの水辺に座って

一

バベルの水辺《みずべ》に座《すわ》って、私たちは慟哭《どうこく》した、そして
　阿鼻叫喚《あびきょうかん》と化《か》した殺戮《さつりく》の渦中《かちゅう》で、
敵《てき》どもによって、聖地サレムが、
　貪《むさぼ》り尽くされた日のことを思った。
かの地の惨《みじ》めな娘たちよ、おまえたちは、
　泣きながら、散《ち》り散《ぢ》りになっていった。

二

自由奔放《ほんぽう》に渦巻《うずま》く川を、
　悲しく見下《みお》ろしていると、
よそ者に歌を求《もと》められたが、「こちらの勝利だ」などと、

あいつらに思わせてなるものか。
敵どもの求めに応《おう》じて、崇高《すうこう》な竪琴《たてごと》に弦《げん》を張《は》るまえに、
金輪際《こんりんざい》、この右手が使えなくなってしまえばいい。

三

その竪琴は、柳《やなぎ》の樹《き》にかけられている。
サレムよ、その音色《ねいろ》は自由でないとね。
おまえの栄華《えいが》が終わるとき、
おまえは私に竪琴だけを残した。だから
私の手で、そのやわらかな調《しら》べを、
略奪者《りやくだつしや》どもの声と、決して混《ま》ぜてはならんのだ。

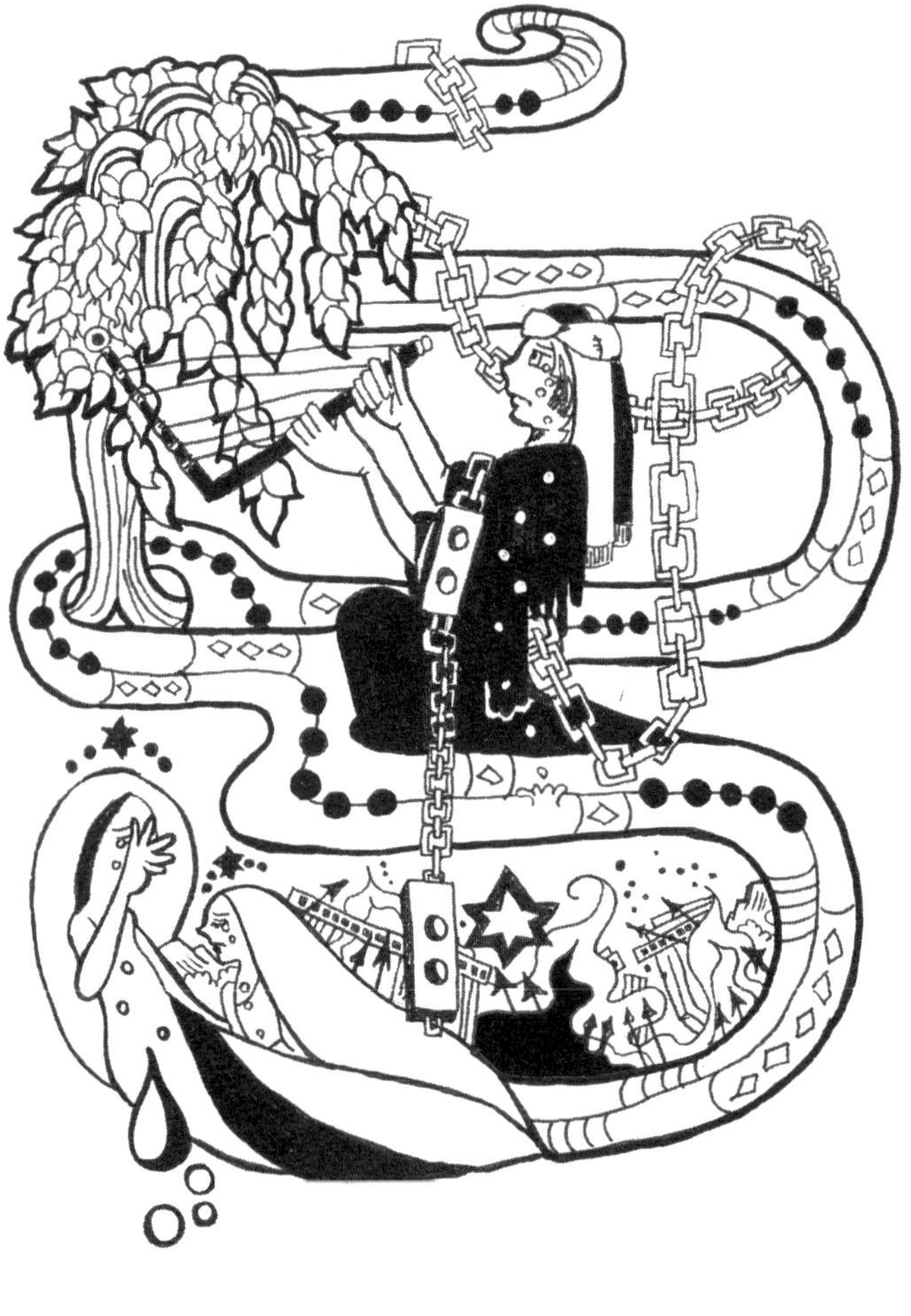

【解説】「バビロンの水辺に座って」*By the Rivers of Babylon We Sat Down and Wept* 一八一五年作。この作品は「野のかもしか」などと同様、ユダヤ人の流浪の悲哀を主題する。バイロンによる本文は、旧約聖書詩編（一三七章）に基づいている。第一連に「バベル」とあることから、語り手には、バビロン捕囚によって、パレスチナ地域からバビロンへと連行された竪琴弾きを据えていると考えられる。題名の「バビロン」(Babylon)、第一連の「バベル」(Babel) は、ともにユーフラテス河畔にある都市を指し示すことば（前出「ああ、泣いてくれ」【解説】を参照のこと）。

※サレム　エルサレムのこと。前出「エフタの娘」【解説】を参照のこと。

流れのほとりで

一

よそ者どもが大挙襲来《たいきょしゅうらい》し、サレムを蹂躙《じゅうりん》したとき、
流れのほとりで、終日《ひねもす》私たちは泣いたのだった。
項垂《うなだ》れて、遠い故郷《こきょう》のことで、
胸《むね》がいっぱいになった。

二

やつらに歌えと言われたが応《おう》じなかった、その歌は私たちの心にある、
あの丘にはもう吹かない風と同じように。
やつらに竪琴《たてごと》を弾《ひ》けと言われたが、応じるつもりはないのだから、
いずれ、私たちは血を流して殺されるだろう。

三

悲しげな柳《やなぎ》の樹《き》に、弦《げん》をすべて外した竪琴をいくつか掛《か》けたが、
枯《か》れた柳の葉《は》のように、鳴《な》らさずに揺《ゆ》らせておけばいい。
手には枷《かせ》がはめられようが、私たちには涙を流す自由がある。
神ゆえに、栄光《えいこう》ゆえに、そしてシオンよ、おお、おまえゆえに。

【解説】「流れのほとりで」*In the Valley of Waters*

一八一五年作。「バビロンの水辺に座って」と密接なかかわりを持つ作品で、同様に、旧約聖書詩編（一三七章）に基づく。

題名の「Valley」は流域、「Waters」は川の意味で解釈し、「流れのほとりで」と訳出した。

ベルシャザルの幻視

一

王は玉座《ぎょくざ》に在《あ》り、
　太守《たいしゅ》たちは広間《ひろま》に集《つど》った。
幾千《いくせん》もの煌《きら》めく明かりが、
　高く、宴席《えんせき》の上で輝《かがや》いた。
幾千もの黄金《おうごん》の杯《さかずき》は、
　ユダヤでは、聖《せい》なるものと思われた。
神ヤハウェの聖杯《せいはい》に、
　不埒《ふらち》な異教徒《いきょうと》の酒《さけ》が注《つ》がれた。

二

まさにそのとき、その場所で、

手が、指が、現れて、
砂《すな》にものを書くように、
壁《かべ》に文字《もじ》を書いたのだ。
人間の指、
体を持たない手が、
一文字《ひともじ》ずつ、魔法《まほう》の杖《つえ》さながらに、
ていねいに、書いたのだ。

三

それを見た王は、背筋《せすじ》が凍《こお》り、
恐怖《きょうふ》にとらわれてしまった。
顔面蒼白《がんめんそうはく》、
震《ふる》え声《ごえ》で言った。
「知恵《ちえ》ある者を集《あつ》めよ、
この世で最も賢《かしこ》い者を呼《よ》べ、
恐《おそ》ろしい文字《もじ》の意味を解読《かいどく》せよ、

王の宴《うたげ》を台無《だいな》しにしたこの文字を。」

四

カルデアの星占《ほしうらな》い師《し》たちは有能《ゆうのう》だったが、
　ここでは歯《は》が立たなかった。
謎《なぞ》の文字は、解読もされず、
　不気味《ぶきみ》にじっと動《うご》かなかった。
当時のバビロンの人々は
　賢くもあり博識《はくしき》でもある。
けれど、このときばかりは、賢いとも言えず、
　字を見ても、なにもわからなかった。

五

　その地にとらわれていた、
　若い異邦人《いほうじん》、
彼は王の命令を聞き、

文字の真相《しんそう》を読み取った。
周囲《しゅうい》の明かりは燃《も》え立ち、
予言《よげん》ははっきり見て取れた。
あの夜、彼は、その文字を読んだ。
夜が明けて、それは真実《しんじつ》と証明《しょうめい》された。

六

「ベルシャザルの王墓《おうぼ》は建造《けんぞう》されたが、
その王国は滅亡《めつぼう》したのだ。
冥府《めいふ》の天秤《てんびん》に彼をかければ、
軽くちっぽけな塵《ちり》にすぎない。
死体《したい》を包む布こそ王の衣《ころも》、
墓石《ぼせき》こそ王の天蓋《てんがい》。
メディアの人間が、王の門《もん》に集《つど》う、
ペルシアの人間が、王の玉座にのぼるのだ。」

ベルシャザルの幻視

【解説】「ベルシャザルの幻視」*Vision of Belshazzar*
一八一五年作。この作品は、旧約聖書ダニエル書（五章）に基づいている。ベルシャザルは、旧約聖書では、新バビロニア王国の最後の王とされる。ベルシャツァルとも表記する。

新バビロニア（前六二五―前五三九）は、ユーフラテス川河畔にある都市バビロンを中心に、カルデア人（バビロニア人）によって、前出のアッシリアが滅ぼされた後に建てられた国（アッシリアについては、「センナケリブの破滅」【解説】を参照のこと）。バビロン捕囚では、その新バビロニアが、ユダ王国（＝南王国）の人々を強制的にバビロンに移住させ、その後滅亡に追い込んだ（バビロン捕囚については、前出「野のかもしか」の【解説】を参照のこと）。

新バビロニア王国も末期になると、王が次々に交代し、弱体化した。ベルシャザルも、権力を担うには不向きな、享楽的な人物だったようだ。バイロンがここで取り上げたのは、宗教絵画にも多く取り上げられる、いわゆる「ベルシャザルの饗宴」の場面である。

これは、千人を招いた酒宴の席で、ベルシャザルの没落という運命を示す文字が壁に現れ、この文字をユダヤの賢者ダニエルが解き明かすという英雄譚である。ダニエルは、捕囚民でありながら、新バビロニアに仕え、高い地位にまで上りつめた人物。優秀さが認められ、彼によって、新バビロニアでもユダヤの神の信仰が保持された。

ところで、作品の第五連に表現されている「若い異邦人」(＝ダニエル)が〈壁に書かれている文字〉を解き明かすシーンだが、聖書の記述においては、ダニエルは〈若い〉とは言えない年齢で、この点はバイロンによる創作だ。バイロンは、賢く凛々《りり》しい青年ダニエルを演出したかったのだろう。

※ユダヤ　前出「野のかもしか」【解説】を参照のこと。
※ヤハウェ　ユダヤ教、イスラエルの神。
※カルデア　ペルシア湾岸沿い、チグリス川とユーフラテス川のつくるデルタ地帯およびその西縁の南バビロニアの一部の地を指す。
※バビロン　ユーフラテス川河畔にある都市。新バビロニアの都。
※メディア　新バビロニア王国とともに、アッシリア帝国を滅ぼした、カスピ海西南方、イラン高原を中心に建国された古代国家(紀元前八世紀末―前五五〇年頃)。ペ

ルシアに滅ぼされた後は、メディアの人々はペルシアの重要な構成員となった。
※ペルシア　古代国家、アケメネス朝ペルシアのこと。紀元前五五〇年、服属していたメディア王国を滅ぼして独立。紀元前五三八年、新バビロニアを滅亡させた。

ベルシャザルへ

一

ベルシャザルよ。宴《うたげ》から顔をそむけるな、
快楽《かいらく》に身を委《ゆだ》ねるな。
見ろ。おまえの目の前で、
燃《も》え立つ壁《かべ》に、文字《もじ》が刻《きざ》まれ光を放《はな》つ。
多くの暴君《ぼうくん》が誤《あやま》って王位に就《つ》き、
天から聖別《せいべつ》されてしまったのだ。
しかし、もっとも脆弱《ぜいじゃく》で劣悪《れつあく》な王よ、
おまえは死ぬのだ、と書かれているのではないか。

二

去《さ》れ。おまえの額《ひたい》に添《そ》えられた薔薇《ばら》の花を投げ捨てろ。
みすぼらしい冠《かんむり》を、自分の白髪《しらが》で作るがいい。

青春《せいしゅん》の花冠《かかん》は、王冠《おうかん》よりも、
　今のおまえには、似合《にあ》わない。
王冠に輝《かがや》いていた宝石を、おまえはすべて曇《くも》らせたのだ。
　それから、おまえが身につけていると、奴隷《どれい》でさえ蔑《さげす》むような、
価値《かち》のない石ころを捨てろ。
　マシな男たちのように、死ぬことを学ぶがいい。

三

おお、やがて、ことばも価値《かち》も、軽く不安定《ふあんてい》なまま、
　おまえの魂は秤《はかり》にかけられる。
青春の只中《ただなか》で、おまえの魂は息《いき》をひきとり、
　肉体は土に還《かえ》るのだ。
おまえを蔑むやつらが、その骸《むくろ》を見て、盛《も》り上《あ》がっているぞ。
　〈望《のぞ》み〉はその目をそむけ、「支配するのも、
生きるのも死ぬのも、向《む》いていなかった」と、
　おまえが生まれてきたことを、涙を流して歎《なげ》いている。

【解説】「ベルシャザルへ」*To Belshazzar*

一八一五年作。おそらく、バイロンはこの詩を「ベルシャザルの幻視」と同じ時期に書いたが、結局「ベルシャザルの幻視」のみを『ヘブライのうた』に含めたとされる。この作品は、前出「ベルシャザルの幻視」同様、旧約聖書ダニエル書（五章）に基づく。預言者ダニエルがベルシャザルに一方的に語りかける形態をとる。

バイロンがこの作品を書いた当時、イギリスの王権を担っていた摂政王太子ジョージを寓意しているのではないかと見られるのを危惧《きぐ》し、出版元のマレー社は、政治的配慮から、この作品を、一八三一年になって初めて世に出した。

※摂政王太子ジョージ（一七六二―一八三〇）　後のジョージ四世（在位一八二〇―三〇）。享楽的な人物で、数々のスキャンダルを巻き起こし、父王の精神障害に拍車をかけた。王妃キャロラインとの離婚を強行しようとするなど、国民から不評を買うような出来事も多く、王の権威を失墜させた。

ヨブ記より

一

目の前を、〈不滅《ふめつ》〉の霊《れい》が過《よぎ》り、
顔をのぞかせるのを、俺は見たのだ。
俺以外の人の目は、深い眠りに閉《と》ざされていた。
形のない、聖《せい》なる何かが、立ち止まった。
俺の体は、骨伝《ほねづた》いに肉体全部《にくたいぜんぶ》、ガタガタ震《ふる》えた。
俺の髪《かみ》が、じっとりと冷《ひ》や汗《あせ》でこわばると、そいつが口をきいた。

二

「人が神より正しくありえようか。神より清《きよ》くありえようか。
神は熾天使《してんし》たちをも信頼《しんらい》されない。
土くれでできた者よ、虚《むな》しい塵《ちり》の家に住む者よ。

蛆虫《うじむし》に喰《く》い荒《あ》らされるおまえが、正しくありえようか。
一日しか生きられない者よ。夜が迫《せま》る前に朽《く》ちるというのに、
〈叡智《えいち》〉の光が降り注ぐのも分からず、心に留《と》めぬおまえが。」

【解説】「ヨブ記より」*From Job*

おそらく、一八一四年十月に書かれたと推測されている。「ヨルダン川の岸辺では」の書かれた紙の裏面に、バイロンの手による草稿がある（大英図書館蔵）。バイロンのテクストは、旧約聖書ヨブ記（四章十三―二十一節）に拠る。語り手には、ヨブの友人エリファズを据える。

神にお墨付きをもらうほど、無垢で敬虔なヨブは、悪魔の差し金でその信仰を試される。悪魔の仕業とは知らぬまま、ひどい皮膚病にかかり、見る影もなくなってしまう。そのようなヨブのことを聞き及び、彼の親友エリファズがヨブの見舞いにやってくる。バイロンの本文は、ヨブのなげきを聞き、エリファズがことばをかけるところに取材している。

第二連の三行目では、本文中に「clay」（＝土くれ）が用いられている。聖書の英語訳本文にも用いられていることばだが、ここでも、人間の肉体の有限性を表現、強調する役割を担っていると考えられる（「この苦しむ肉体が冷えきるとき」【解説】を参照のこと）。

不滅の存在（神）と比べれば、人間は、本当にわずかな時間しか、この地上に生きることができない。過ちも多く、頼りない存在だ。エリファズの仮面をつけた語り手は、聖書のことばを利用しながら、人間の無力さを冷笑しているようにも思える。

マリアムネを悼《いた》むヘロデの歎《なげ》き

一

おお、マリアムネ、おまえを斬《き》り殺《ころ》させた心が今、
おまえのために血を流しているぞ。
復讐《ふくしゅう》は苦しみに紛《まぎ》れ、
辛辣《しんらつ》な悔悛《かいしゅん》が、憤怒《ふんぬ》の後に続く。
おお、マリアムネ、どこにいるんだ、
俺の悲痛《ひつう》な願いが、おまえには届くことはない。
ああ、もしおまえに届いたら、今は許してくれようとも、
天には、俺の祈《いの》りなど、届いているはずもない。

二

あいつは死んだのか、嫉妬《しっと》に駆《か》られた俺が、
狂《くる》ったように怒鳴《どな》り散《ち》らした指示のせいで。

激怒《げきど》した俺は、自分の望《のぞ》みを絶《た》っただけだった。
あいつを殺した刃《やいば》が、俺の頭上《ずじょう》で揺《ゆ》れている。
愛しい人よ、おまえは殺され、冷たくなっているのだね。
ひとり天へと昇っていくあいつを、
救《すく》われない俺の魂を置《お》き去《ざ》りにするあいつを、
この暗い心は、むなしく、強《つよ》く望んでいる。

三

ともに王座《おうざ》に就《つ》いた女が死んでしまった。
自分の喜びもろとも、俺はあいつを葬《ほうむ》ったのだ。
俺のためだけに花をつけていた、美しいユダヤの枝葉《えだは》から、
俺はその花をむしり取った。
俺は罪人《つみびと》、地獄堕《じごくお》ちだ、
破滅的《はめつてき》な惨《みじ》めさに、この胸《むね》がふさがれる。
そんな苦しみを、充分《じゅうぶん》に味わってきたというのに、
燃《も》え盛《さか》る炎《ほのお》に、まだまだ焼《や》かれ続《つづ》けている。

【解説】「マリアムネを悼《いた》むヘロデの歎《なげ》き」*Herod's Lament for Mariamne*

一八一五年作。この詩は、ヨセフスによる『ユダヤ戦記』(第一巻四三一―四四四節)、及び『ユダヤ古代誌』(第十五巻二〇二―二四六節)に詳しく書かれている大王ヘロデ(前七十三―前四、在位前三十七―前四)とその妻マリアムネ(前五十七頃―前二十九)の死の物語に取材している。語り手にはヘロデを据える。

紀元前五三九年に、新バビロニアが滅亡すると、バビロンに捕らわれていたユダヤの人々は解放され、エルサレムへと帰還、神殿を再建した。紀元前一四二年には、ハスモン家によるユダヤの独立が果たされた。しかし、紀元前六十三年、今度は強大な大国ローマが、王家の内紛に乗じてエルサレムを占領、ユダヤを属州とした。

ユダヤの南隣の地域で、強国ローマとの強い結びつきを重要視していたのは、イドマヤの人々だった。ヘロデは、そのイドマヤの出身で、非凡な才能を持ち、若くして頭角を現した。ローマとの強固な関係を背景に力をつけ、ハスモン家の内紛に乗じてユダヤを手中におさめ、やがてユダヤの王となった。

ユダヤの王としての正統性を得て、その立場を確かなものにするため、ユダヤの名門ハスモン家の血を引くマリアムネとの結婚は不可欠だった。しかし政略結婚以上に、彼は彼女を深く激しく愛したのだ。愛が深すぎたのか、ヘロデは、彼女とその叔父との不義を疑い、猜疑《さいぎ》心から彼女の処刑を命じた。後になって、彼女を殺したことを悔やみ、ヘロデは一時狂気に陥った。

ヘロデとマリアムネの悲劇は、古くから文学的・絵画的題材となってきた。十八世紀には文豪ヴォルテールによって戯曲化された（『ヘロデとマリアムネ』、一七二五）。

なお、新約聖書においては、ヘロデ大王といえば、キリスト誕生の際に、同時期に生まれた子どもたちに対する大量虐殺を行った大悪役である。バイロンは、一八一一年八月のオーガスタに宛てた手紙のなかで、自分の子ども嫌いの引き合いに、常々ヘロデの人格に対し大いに尊敬している旨を述べている（Marchand, II, 84）。

マグダラのマリア

暗い〈恐怖《きょうふ》〉の時が来た、
死人《しにん》どもを飲みこもうと、〈大地〉が震《ふる》える時が来たのだ。
自分の信念《しんねん》のために、最初の殉教者《じゅんきょうしゃ》が、
聖《せい》なる人が、〈神の子〉が、その血を流す時が来たのだ。
エルサレムの〈大罪《たいざい》〉の時が来た、
死が宣告《せんこく》され、血まみれの儀式《ぎしき》が始まるのだ。

シオンの丘には叫び声が聞こえる。
イスラエルの日焼《ひや》けした群衆《ぐんしゅう》が、押《お》し合いへし合いしている。
誰もが愚《おろ》かな憎《にく》しみに駆《か》られ、
血が流れるのを見たいと願った。
唇《くちびる》に侮蔑《ぶべつ》の表情を浮《う》かべた人々は、邪《よこしま》な行為《こうい》に飢《う》えていた。
〈神の子〉への呪《のろ》いは、呪われたものとなったのだ。

理由もなく怒《いか》り狂《くる》い、非《ひ》がなくとも恨《うら》みを募《つの》らせた、
自《みずか》ら罪《つみ》を負《お》った民族よ、キリストを信じずに
追放《ついほう》された奴隷《どれい》たちよ、永《なが》く、暗く、数千年《すうせんねん》にもわたって、
追放の悲しみに暮《く》れ、おまえたちは苦しむのだ。
〈神の子〉は、ユダによって売られ、殴《なぐ》られ、拷問《ごうもん》で傷《きず》を負《お》った。
価値《かち》のない金へのつまらない強欲《ごうよく》によって、辱《はずかし》められたのだ。

恥辱《ちじょく》の選民《せんみん》よ、おまえたちの名は、あらゆる民族に唾棄《だき》され、
鞭打《むちう》たれ、蔑《さげす》まれ、尊重されることもない。
国なき人々よ、おまえたちは、あらゆる土地で、
咎《とが》められ、焼《や》き印《いん》を押される。
あらゆることに、実《みの》りもなく耐《た》えなくてはならない。
幾世代《いくせだい》にもわたり、嘲《あざけ》りと苦痛《くつう》を運命づけられてしまった。
忍耐《にんたい》から何も学ばず、悪《あく》の道《みち》から救《すく》われずに、
憎しみ合いながら、強情《ごうじょう》な選民たちは、押し黙《だま》っている。

【解説】「マグダラのマリア」*Magdalen*

一八一四年作。バイロンの存命中に、『ヘブライのうた』として出版されることはなかった。バイロンの死後六十年以上を経た一八八七年の「マレーズ・マガジン」に、初めて掲載された。

題名には、イエスの弟子のひとり、マグダラのマリアを掲げるが、作中に彼女を示す人物は現れない。あるいは、語り手に、現場を目撃したと考えられるマグダラのマリアを据えているのだろうか。この詩の内容は、新約聖書マタイによる福音書（二十七章二十七―四十四節）、マルコによる福音書（十五章十六―三十二節）、ルカによる福音書（二十三章十三―四十三節）に取材する。

作中に描かれるのは、宗教画を彷彿とさせる、イエスの処刑に至る場面と、その後、選民と自負するユダヤの人々に対しての、キリスト教徒の視点に立った〈誹謗中傷〉とも受け取れることばである。ユダヤの人々を貶める思想は、その理由のひとつとして、裏切り者のイスカリオテのユダの名と、ユダヤの音が似ているためとの指摘もある。イエスもユダヤ人であることを理解しない、きわめて偏見に満ちた内容だ。

たしかに「ヘブライのうた」の系譜に含まれる一編であると指摘される一方、ユダヤの人々に寄り添う態度がまったく認められないことから、『ヘブライのうた』には含まれなかったのは当然であろう。

ティトゥスがエルサレムを破壊した日に

一

かつての聖堂《せいどう》を見下《みお》ろす丘から、シオンよ、
おまえがローマに明け渡《わた》されるとき、私はおまえを見つめているよ。
おまえの最後の太陽が沈《しず》み、その城壁《じょうへき》に最後の一瞥《いちべつ》を投げかけると、
崩《くず》れ落ちる町の炎《ほのお》が、こちらに向かって閃《ひらめ》いた。

二

寺院《じいん》を探《さが》し、私の家を探して、
ひととき、自分が囚《とら》われの身だということを忘れた。
礼拝堂《れいはいどう》が劫火《ごうか》にのまれて、私は悔《くや》しくて暴《あば》れたが、
きつく手枷《てかせ》がはめられた。

三

おお、いくどもの夕暮れ、眺《なが》めのいい高い丘は、
燃《も》え立つ太陽の、最後の輝《かがや》きを映《うつ》していた。
その丘の頂《いただき》に立って、陽《ひ》の光が、おまえの社《やしろ》に耀《かがよ》い、
山の端《は》から傾《かたむ》いてゆくのを、じっと見つめていたものだった。

四

今や、あの日、立っていた丘では、
熔《と》けゆく黄昏《たそがれ》の光を見ることはなかった。
おお、夕陽の代わりに、閃光《せんこう》が走り、
征服者《せいふくしゃ》の頭《あたま》には雷《いかずち》が落ちますように。

五

ヤハウェがなおも御座《おわ》す祭壇《さいだん》を、
異教《いきょう》の神々《かみがみ》に冒瀆《ぼうとく》させたりはしない。
神よ、私たちが離散《りさん》し蔑《さげす》まれようと、

あなたへの信仰は、おお神よ、歪《ゆが》められはしないのだ。

ティトゥスがエルサレムを破壊した日に

【解説】「ティトゥスがエルサレムを破壊した日に」*On the Day of the Destruction of Jerusalem by Titus*

一八一五年作。「私の信仰が偽りなら」と対をなす作品。

大王ヘロデの死後、ユダヤの直接支配に乗り出したローマは、ユダヤ教の持つ法や慣習を認めず、両者の宗教的対立、政治的対立が激しくなっていった。結局、ユダヤは紀元後六十六年、ローマと軍事的な衝突に入り、七十年にはエルサレムの神殿が破壊され、国家としての独立も喪失した。

後のローマ皇帝ティトゥス（三十九―八十一、在位七十九―八十一）は、父が帝位にある際、前述のユダヤとの戦いで最高司令官となり、七十年にはエルサレムを陥落させ、神殿を含む町を破壊した。ローマの側から見れば、称えられるべき戦功である。なお、ローマ皇帝としては、数々の天災や人災に際して、罹災《りさい》者を積極的に救護するなど、寛大で人道的な政策により民衆の支持が厚かったようだ。（有名なモーツァルトのオペラ『皇帝ティートの慈悲』（一七九一初演）の主人公もティトゥスである。）しかし、ユダヤにとって、ティトゥスは、エルサレムを陥落させ、一三五年の決定的なディアスポラ（＝ユダヤ人の離散）へとつながる破滅的な出来事をもたらした大いなる悪役である。

さて、この詩の語り手には、ローマ軍に捕らわれたディアスポラのユダヤ人を据える。ローマ軍が陥落させた故郷の町エルサレムを、聖山であるシオンの丘から目の当たりにするという、悲劇的な情景が表現されている。

私の信仰が偽りなら

一

おまえの考えるように、私の信仰《しんこう》が偽《いつわ》りなら、
ガリラヤの地を追《お》われて、遠くさまよう必要はない。
私が種族《しゅぞく》の罪《つみ》にとらわれていると、おまえは言うが、
その呪縛《じゅばく》を解《と》くことは、信仰を棄《す》てるということだ。

二

罪人《つみびと》が必ず敗《やぶ》れるのであれば、神はおまえのもとにいる。
罪を犯《おか》すのが奴隷《どれい》だけなら、自由なおまえは潔白《けっぱく》だ。
追放《ついほう》された者が、地上をさすらい、やがて天へと追われる身ならば、
私は殉教《じゅんきょう》しよう、おまえは己《おのれ》の思想《しそう》を持って地上で生きるがいい。

三

おまえに繁栄《はんえい》を約束した神が御存知《ごぞんじ》のように、
おまえが課《か》す試練《しれん》以上の信仰を求《もと》めて、私は敗れたのだ。
神の手の内《うち》にこそ、私の信仰も望《のぞ》みもあるのだ、
土地や命なんぞ、信仰には無用《むよう》、おまえにくれてやるさ。

【解説】「私の信仰が偽りなら」*Were My Bosom As False As Thou Deem'st It To Be*

一八一五年作と推定される。この詩の語り手は、戦いに敗北したディアスポラ（＝離散）のユダヤ人で、勝利を手にした敵である異教徒を相手にしている。「死にのぞんで神に対して変らぬ信仰心を歌ったものである。（中略）圧政に対する英雄的精神の反抗をも示してあり、政治的色彩を帯びた宗教詩であるといえる」（東中、一九八三、一一九）。

ユダヤ人が神に対する罪をおかすと、神の恵みはその人から離れてしまい、（異教の神や異教徒も含む）別の人間の手に落ちてしまう。それでも神への信仰を貫くという、語り手の強い意志を表現した作品だ。

あとがき

バイロン（George Gordon Byron, 1788-1824）と言えば、みなさんはどんなイメージをお持ちだろうか。小説家メアリー・シェリーを描いた映画『メアリーの総て』(*Mary Shelley*, Haifaa al-Mansour directed, 2017）では、かなり奇妙な貴人といった様子で描かれていた。映画『ゴシック』（*Gothic*, Ken Russell directed, 1986）でも、なんだかあまり気持ちのいいキャラクターではなかった。個人的には、ドラマ『ビバリーヒルズ青春白書』（*Beverly Hills 90210*, Aaron Spelling produced, USA, 1990-2000）など、大衆向けの娯楽恋愛ドラマを中心に、映像の中でたびたびその詩が引用される、恋愛相手は性別を問わず恋を多くした詩人、という印象が強い。以上をまとめて当世風の日本語で表現すると、「セレブのチャラい変《ヘン》な詩人」と言ったところか。

奇人変人、放蕩者《ほうとうもの》で色恋《いろこい》に溺れ、最後はギリシア独立戦争に私費で参戦して死んだ英雄で詩人。二十一世紀の世には、彼の伝記的印象が、一部歪められて誇張されたまま強く伝えられているような気がする。今なお、様々な形で映像に取り入れられる人物であることは、つまり歴史に名を遺したということで間違いないのだが……。

＊

では、詩人としてのバイロンを、彼の作品から眺めて見ると、どうだろうか。代表作『貴公子ハロルドの巡礼』（*Childe Harold's Pilgrimage*, 1812-18）にしても、『ドン・ジュアン』（*Don Juan*, 1819-24）にしても、どの作品を見ても、彼の語りが情熱的で饒舌《じょうぜつ》なのは間違いない。本当に、よくぞここまで、と思うくらいに、熱く、よくしゃべる。（ちなみに、彼の書いた手紙の数も、当時としては膨大な量と言っていいらしい。些細なことまで、本当によくしゃべる。）

そして、彼の作品に特徴的な、いわゆる〈バイロニック・ヒーロー〉のかっこよさ。バイロニック・ヒーローと言うのは、要するに、作者バイロンが透けて見える、彼の作品の登場人物のこと。謎めいた過去を持っていて、ときどき倫理的に悪いこともするけれど、私利私欲のためなんかに心を動かさないぞ、という気持ちを譲らない男性像。様々な既成の権力を認めず、自分を支えるプライドが潔いほど高いので、それを押さえつけようとする権力に対しては、へりくだる様子を見せることなく、上から目線の態度で反抗する。一方で、自分自身に対しても、とても厳しく細かいところまで反省し、考えをめぐらせようという意識を、ずっと持ち続けている、極めて誇り高い人物。『海賊』（*The Corsair*, 1814）に出てくる海賊の首領コンラッドや、『カイン』（*Cain*, 1821）で神に反逆した堕天使で悪魔のルシファー、そして『マンフレッド』（*Manfred*, 1817）の主人公マンフレッドは、典型的なバイロニック・ヒーローだ。この特徴は、『ヘブライのうた』に描かれる男性登場人物たちにも、認めることができる。サウルやソロモン、ヘロデは、まさにバイロニック・ヒーローだ。

いずれにせよ、バイロンの書いた作品はほぼ、当時のベストセラーであり、一定以上の階級のご家庭にある書斎には、必ずバイロンの書籍が収蔵されていたというのだから、本当に、売れっ子だった。彼のことを「時代の寵児」と表現したり、「ある朝目覚めてみると有名になっていた」という彼のことばが独り歩きしたりしたのは、彼の魅力的な容姿や男爵という階級が付随していたにせよ、詩人として成功したからに違いない。そして、今世紀になっても、英語圏の学校では、国語の授業で、ちゃんとバイロンの詩が教えられているのだから、彼の詩人としての功績は大きい。娯楽ドラマで詩の一節が引用されるということは、英語圏の人々の間の、共通認識になっているということに違いない。

＊

バイロンによる詩集『ヘブライのうた』(*Hebrew Melodies*) は、一八一四年の秋ごろから一八一五年の初春かけて書かれ、一八一五年に出版された。作品は、旧約聖書やユダヤの人々にまつわる物語に取材したユダヤ・ヘブライに関する内容を扱ったものと、ユダヤ・ヘブライに関する内容に一致しない無関係なものに、大きく分けられる。

出版に際しては、ユダヤ人音楽家アイザック・ネイサン (Isaac Nathen, 1790?–1864) によって、彼の理解するところのユダヤ(風)の音楽の楽譜が付された。彼は、「ベルシャザルへ」と「マグダラのマリア」を除き、一八一五年から二九年の間に、様々な曲の改版をも刊行した。これらの楽譜は、当時中産階級の女子の教養のひとつと見なされていた、ピアノによる伴奏を想定していたため、売れ行きは好調だったようだ。ちなみに、バイロンはネイサンの声をすごく気に入っていて、彼が自分の詩に曲をつけて歌うのを快く聞いていたらしい。

また、当時イギリスでは、スコットランドやアイルランドなど、その土地のことば（方言）で書かれた詩に曲をつけた作品が相次いで出版され、古くからのことばや旋律を受け継いでいくという意識が高まっていた。これらは〈民族のうた〉と呼ばれ、それぞれの土地に根づく民族の文化継承という意味で、ナショナリズムの構築に一役買っていた。これらの影響を受けつつ、バイロンも『ヘブライのうた』を編んだわけだが、英語で書かれた『ヘブライのうた』では、もちろんヘブライ語が用いられているのではない。また、ユダヤの人々をとりまく社会的冷遇や大英帝国への同化に対して、反対の意をくみ取って詩を書いたのでもない。そういう点では、『ヘブライのうた』は、〈民族のうた〉の系譜に位置するとは言えない。それでも、当時の典型的な〈セレブ〉だったバイロンが、明らかにユダヤに由来する題材と考えられるものを書いたという事実に、多くのユダヤ人は誇りを持った。そしてこの後、これらの作品に感銘を受けて、自分たちのアイデンティティを強固なものにしていった者もあった。その点では、〈民族のうた〉の潮流に『ヘブライのうた』を位置づけることは可能であろう。

当時、ユダヤの人々に対する差別的態度を明確にしていた友人もいた中で、バイロンのネイサンに対する物腰は非常に柔軟だった。『ヘブライのうた』が、〈自我の詩人〉たるバイロンらしくない、と言った友人もいた。〈うた〉をうたう人物を不特定化する傾向があるからだ。『ヘブライのうた』は、バイロンにとって異色の作品でもあったのだ。

そしてまた、『ヘブライのうた』は、人々の故郷を思う普遍的主題を扱ってもいる。戦火によって土地を追われた苦境にあえぐ人々。残念ながら、二十一世紀に至ってなお、この主題は大変意味を持っている。十九世紀の〈民族のうた〉の枠組みを、大きく超えてしまった。現実社会と向き合うというバイロン作品の特徴は、二十一世紀の今でさえ、しっかりあてはまっている。

*

日本での『ヘブライのうた』の取り扱いは、なかなか複雑だ。

いわゆる〈バイロン詩集〉を名乗る書物は数多くある。しかし、「美をまとい、その女《ひと》は歩む」（*She walks in Beauty*）を含め、『ヘブライのうた』に収められている作品は、そういった〈バイロン詩集〉のなかで、独立した〈ヘブライのうた〉という章立てがなされることは、あまりなかった。ほとんどの場合、まったく別な章が立てられており、『ヘブライのうた』に含まれる作品は、そこへバラバラに収められている。刊行されている〈バイロン詩集〉のほとんどは、別の表題でおおまかなくくりを設け、『ヘブライのうた』の中からいくつかの作品を訳者・編者が選び、訳して掲載している。今回、この詩集を邦訳するにあたって、私が確認した限りでは、『ヘブライのうた』に収められている作品数を三十一とすると、燕石猷《えんせきゆう》による訳の二十三作品が最大であり、次に斎藤正二による訳の十八作品、小川和夫による訳（角川書店版）の十六作品が続き、完訳は、現時点では確認できなかった。

しかも、取り上げられる作品にはかなりの偏りが見られた。たとえば、「ティトゥスがエルサレムを破壊した日に」（*On the Day of the Destruction of Jerusalem by Titus*）や「私の信仰が偽りなら」（*Were My Bosom As False As Thou Deem'st It To Be*）など、日本ではなかなか身近に感じられないと考えられるユダヤ・ヘブライの思想や歴史に焦点を当てた作品は、燕石猷による訳以外に確認できなかった。

初めて日本へ聖書を持ち込んだのは、キリスト教カトリックの宣教師たちだったこともあり、その後もカトリックを中心に聖書の理解が広がった。そのため、旧約聖書については、創世記を始めとする要所にのみ理解にとどまったことは否めない。思想・宗教への理解が異なると、取り上げられる作品が変わるのはやむを得ない。

結果として、明治から昭和にかけて、〈詩人バイロン〉のイメージと合致する作品が、『ヘブライのうた』から切り取られ、まとまった詩集として翻訳されなかったということになろう。

＊

このたびの翻訳のコンセプトは、「十代前半の若者にも理解されうる口語訳」である。各作品の解説は、歴史に興味のある大人の方が読まれても面白さを感じられるように工夫したが、訳文そのものは、できるだけ平易な表現を心掛け、ふりがなをつけた。その点を含め、諸々、何卒ご容赦頂きたい。

また、諸先生方からは、「おいおい、作品の順番がだいぶ違っているぞ。」とお叱りを受けるかもしれない。そうなのだ。実は、これまで『ヘブライのうた』の作品順は、ネイサンによる刊行順もしくはマレー社による刊行順であるのが基本だった。底本としたマガンによる全集（一八一ページ参照）も同様だ。しかし、その順では、ユダヤ・ヘブライの伝説や歴史が細切《こまぎ》れになってしまい、ひとつのストーリーをもった詩集として『ヘブライのうた』を楽しむことは、私自身が困難だった。

そもそもなじみのないエピソードが多いのに、せっかくつながっている物語なのに、バラバラにしたままの訳詩集を出しても、若い読者には楽しんでもらえないのではないか。この考えから、詩集全体をひとつの物語として楽しめるよう、訳者の独断と偏見で、作品の順を入れ換えた。

様々な考え方が許容され、認められるようになったはずの二十一世紀であれば、ストーリーをもった『ヘブライのうた』の世界は、日本の人々にも理解されるのではないか。また、俗語を含めた日本語表現も、許容されるのではないか。あるいは、あきのなさんの素敵な挿絵に魅力を感じ、そこから『ヘブライのうた』に興味をもって頂けるのではないか。〈バイロン〉という詩人自体を知る若い人々がずいぶんと少なくなった現代の日本で、ささやかながら、この書物が、バイロンの『ヘブライのうた』の本邦初の完訳版として、あきのなさんの挿絵とともに、年若い読者へとお届けできれば、そして楽しんで頂ければ、この上ない幸いである。

＊

最後に。

完全に座礁していたバイロンの勉強を促し、励まし続けてきて下さった、文教大学、イギリス・ロマン派学会、日本バイロン協会の各先生方には、長年にわたり、ひとかたならぬお心遣いを頂戴し、心より深謝申し上げます。

バイロンの勉強を始めた頃から、インターネットを通じて、ずっと〈ウェブ文学友達〉でいてくださった、あきのなさん。あきのなさんの、キーツの詩へのイラストを拝見して以来、「私がバイロンの訳詩集を出すときには、きっとイラストをお願いしよう」と思ってきたことが、本当になりました。夢って実現できるのだと、生きていて良かったと、心から思えました。大変なご苦労をおかけし、素敵な挿絵を描いてくださったこと、感謝の念に堪えません。

また、この書物を世に出すにあたり、出版の申し出を快諾し、相談にのって下さった、鳥影社の百瀬社長、編集の戸田結菜さん。いろいろとわがままをきいて下さり、本当にありがとうございました。

「藤井さんはそのうちに本を出しますよ」と、長年出版を楽しみにしてくださっていたものの、生前、とうとうその出版物をお目にかけられなかった、今は亡き山本卓先生。出来の悪い弟子が、やっと一冊、出せましたよ。見てやってくださいね。

＊

願わくば、この本によって、若い人々の心に、バイロンの面白さとかっこよさが、少しでも届きますように。そして、地球上の戦争や紛争が、少しでも減りますように。

二〇二二年秋　下総にて、平和を願いつつ

藤井仁奈

参考文献一覧

【底本】

Byron, George Gordon. *The Complete Poetical Works*. Vol.3. ed. Jerome J. McGann. Oxford: Clarendon Press, 1981.

【参考文献】

［英語資料］

〈作品〉

Ashton, Thomas. *Byron's Hebrew Melodies*. London: Routledge & Kegan Paul, 1972.

Burwick, Frederick and Douglas, Paul eds. *A Selection of Hebrew Melodies, Ancient and Modern, by Issac Nathan and Lord Byron*. Tsucalosa: University of Alabama Press, 1988.

Coleridge, Ernest Hartley, ed. *The Works of Lord Byron, Poetry*. Vol.III. New York: Octagon Books, 1966.

Freyne, Michael, ed. “Hérode et Mariamne,” *Les Œuvres Complètes de Voltaire*, 3c. Oxford: Voltaire Foundation, 2004.

Nathan, Isaac. *Fugitive Pieces and Reminiscence of Lord Byron*. London: Whittaker, Treacher and Co., 1829.

〈書簡〉

Marchand, Leslie A., ed. *Byron’s Letters and Journals*. Vols.2, 4-5. Cambridge, Massachusetls: The Belknap Press of Harvard University Press, 1973, 75-76.

〈研究書〉

Cochran, Peter, ed. *Byron’s Religions*. Newcastle upon Tyne: Cambridge Scholars Publishing, 2011. Also including: Ralph Lloyd-Jones, “Byron and the Jews: The Jewish Byron?,” 228-242.

Lowth, Robert. *Lectures on the sacred poetry of the Hebrews*. Boston: Crocker & Brewster; New York: J. Leavitt, 1829. *https://archive.org/details/lecturesonsacred00lowtrich*

Spector, Sheila A. *Byron and the Jews*. Detroit: Wayne State University Press, 2010.
——. *Romanticism/ Judaica: A Convergence of Culture*. Surrey: Ashgate, 2011. Also including: Toby R. Benis, "Byron's Hebrew Melodies and the Musical Nation," 31-44.

〈英文書籍・雑誌等所収論文〉

Mole, Tom. "The handling of Hebrew Melodies." *Byron: Heritage and Legacy*. ed. Cheryl A. Wilson. New York: Palgrave Macmillan, 2008, 101-113.
Heinzelman, Kurt. "Politics, Memory, and the Lyric: Collaboration as Style in Byron's "Hebrew Melodies"." *Studies in Romanticism*, vol.27, no.4, The Johns Hopkins University Press, Winter 1988, 515-527.
https://www.jstor.org/stable/25600743

[日本語資料]

〈バイロン作品翻訳書〉

阿部瓊夫『バイロン詩集』創人社、一九五二年。
——『バイロン詩集』金園社、一九七五年。

阿部知二『バイロン詩集』新潮社、一九五一年。
――『バイロン詩集』弥生書房、一九六三年。
――『バイロン詩集』新潮社、一九六八年。
――『バイロン詩集』小沢書店、一九九六年。
安藤一郎ほか編共訳『世界文学全集１０３世界詩集』講談社、一九八一年。
石躍信夫『バイロン詩集』崇文館書店、一九二三年。
――『バイロン詩集』巧人社、一九三五年。
上野忍『バイロン　愛の詩集』晃文社、一九五〇年。
牛山充『バイロン詩集』越山堂、一九二二年。
小川和夫『バイロン詩集』角川書店、一九六九年。
――『バイロン詩集』白凰社、一九七五年。
笠原順路編訳『対訳バイロン詩集　イギリス詩人選（８）』岩波書店、二〇〇九年。
片山彰彦『バイロン詩集』京文社書店、一九三九年。
加納秀夫ほか共訳『世界名詩集大成９　イギリス篇Ⅰ』平凡社、一九五九年。
川野達夫編『イギリス詩集』人生社、一九五三年。
木村鷹太郎『バイロン傑作集』後藤商店出版部、一九一八年。

熊田精華（ほか共訳）『バイロン全集』第四巻、日本図書センター（那須書房）、一九九五年復刻（一九三六年）。

児玉花外『バイロン詩集　短編』大学館、一九〇七年。

斎藤正二編訳『世界の詩集４　バイロン詩集』角川書店、一九六七年。

幡谷正雄『バイロン詩集』新潮社、一九三三年。

林典雄『バイロン詩集』新詩社、一九五一年。

東中稜代『ドン・ジュアン』上下巻、音羽書房鶴見書店、二〇二一年。

日夏耿之介監修『バイロン詩集』第二巻、三笠書房、一九五〇年。

――『イギリス抒情詩集』河出書房、一九五二年。

正富汪洋『バイロンシエリイ二詩人詩集』目黒書店、一九二一年。

松山敏『バイロン名詩小曲集』緑蔭社、一九二六年。

――『バイロン名詩選集』聚英閣、一九二六年。

三浦逸雄『バイロン新詩集』日本文芸社、一九六六年。

宮崎孝一『バイロン詩集』旺文社、一九六九年。

宮本正都『バイロン詩集　別離の戀』文童社、一九四二年。

矢口達『十大詩聖詩集と其人々』教文社、一九二七年。

吉田新一『バイロン珠玉詩集』三笠書房、一九六九年。

〈単行本（日本語原書）〉

市川裕編『図説　ユダヤ教の歴史』河出書房新社、二〇一五年。

菊池有希『近代日本におけるバイロン熱』勉誠出版、二〇一五年。

鈴木範久監修、月本昭男、佐藤研編『聖書と日本人』大明堂、二〇〇〇年。

松島正一『イギリス・ロマン主義事典』北星堂書店、一九九五年。

水地宗明監修、新プラトン主義協会編『ネオプラトニカ――新プラトン主義の影響史』昭和堂、一九九八年。

水地宗明ほか編『新プラトン主義を学ぶ人のために』世界思想社、二〇一四年。

度会好一『ユダヤ人とイギリス帝国』岩波書店、二〇〇七年。

〈単行本（翻訳書）〉

新共同訳『バイブル・プラス　聖書』日本聖書協会、二〇〇九年。

ウェルギリウス『牧歌／農耕詩』小川正廣訳、京都大学学術出版会、二〇〇四年。

スタインバーグ『ユダヤ教の考え方　その宗教観と世界観』手島勲矢監修、山岡万里子訳、ミルトス、一九九八年。
ヨセフス『ユダヤ戦記1』新見宏訳、山本書店、一九七五年。
ヨセフス『ユダヤ古代誌XIV—XV』秦剛平訳、山本書店、一九八〇年。

〈雑誌論文〉
東中稜代「バイロンのHebrew Melodiesにおける'ambivalence'について」、「龍谷大学佛教文化研究所紀要」第二十二集、龍谷大学佛教文化研究所編、一九八三年、一一四—一二八頁。

〈ウェブ資料〉
Cochran, Peter. Hebrew Melodies. *Peter Cochran's Website*, Word Press.com, 26 Mar. 2006, *https://petercochran.files.wordpress.com/2009/03/hebrew_melodies.pdf*

〈編訳者紹介〉

藤井仁奈（ふじい　にいな）

日々労働に明け暮れる文学愛好家。英語文学等講師（文教大学他にて勤務）、イギリス・ロマン派学会会員、日本バイロン協会会員、中原中也の会会員日本メディア英語学会会員。

共著書に、『『天保十二年のシェイクスピア』研究ー井上ひさし・追悼プロジェクト』（文教大学出版事業部）、論文に、「小林秀雄の〈オフィーリア〉」（『中原中也研究』第二十三号）、「ランボーのオフィーリア」「お冬——井上ひさしのオフィーリア」「巧みな語り手——バイロンの「闇」をめぐって」（以上文教大学文学部紀要）などがある。

茶と歴史とアートも大好き。本当は詩人になりたい。


〈イラストレーター紹介〉

あきのな

古典文学・音楽・歴史をこよなく愛する名古屋在住のイラストレーター。

カメレオンペンジャパンアーティスト。雅号は「竹尾佳笑」。

趣味は、小説を読むことと書くこと。ウェブ小説の受賞歴あり。

好きな詩人は、シェイクスピア、ゲーテ、シラー、テニソン、キーツ、シェリー、そしてバイロンなど。詩や外国文学の訳は訳者で読み比べをするくらい好き。

Instagram@akinonagallery

バイロン詩集
—ヘブライのうた—

乱丁・落丁はお取り替えします。

2023年2月13日初版第1刷印刷
著　者　ジョージ・ゴードン・バイロン
編訳者　藤井仁奈
イラスト　あきのな
発行者　百瀬精一
発行所　鳥影社 (choeisha.com)
〒160-0023 東京都新宿区西新宿3-5-12トーカン新宿7F
電話 03-5948-6470, FAX 0120-586-771
〒392-0012 長野県諏訪市四賀229-1（本社・編集室）
電話 0266-53-2903, FAX 0266-58-6771
印刷・製本　シナノ印刷

ISBN978-4-86265-987-3　C0098